COMANDATA DAI BERSERKER

LEE SAVINO

LIBRO GRATUITO

Ricevi un libro gratuito, Allevata dai Berserker (solo per i fan
più sfegatati iscritti alla newsletter di Lee)
Clicca qui per cominciare
https://geni.us/BredBerserkersIT

COMANDATA DAI BERSERKER

Quando divenni una suora, feci voto di restare per sempre casta e pura. Poi i Berserker presero d'assalto l'abbazia, portandomi via. Adesso sono loro prigioniera, e sono alla loro mercé. E nessuna preghiera potrà salvarmi dai due giganti, dominanti guerrieri che voglio reclamarmi come compagna...

Vogliono spogliarmi dei miei voti, e mettermi in ginocchio. Mi faranno prendere fuoco con i miei desideri impuri. Non si fermeranno fino a quando non avranno completo potere sul mio piacere.

E, che il Cielo mi assista, quando avranno finito, io pregherò per averne ancora.

Perdonami, Padre, perché ho peccato. Ancora, e ancora, e ancora, e ancora...

PROLOGO

*L*a luna pendeva alta nel cielo, illuminando tutto di una luce argentea. Mi accovacciai contro il muro esterno della capanna, premendo il mio corpo contro i tronchi sbozzati, rabbrividendo. Era l'inizio della primavera eppure c'era ancora neve sul terreno… ma io non avevo freddo.

Al contrario.

Una goccia di sudore mi scivolò in fronte, solleticandomi la pelle e bagnando completamente una ciocca dei miei capelli. Con mano tremante, l'asciugai.

La febbre dentro me continuava a bruciare, sempre più forte. Un fuoco crudele, che mi faceva ardere dall'interno.

Quante ore erano passate da quando ero uscita fuori dalla capanna, quella notte? Quante volte, l'inverno precedente, avevo sentito il bisogno di fare lo stesso? Le prime volte, in un attimo di frustrazione avevo persino gettato il viso sulla neve gelata. Ora non lo facevo più.

Per favore, per favore, per favore, pregai, come avevo fatto mille volte prima di quella notte. *Kyrie Eleison. Signore, abbi pietà.*

Ma da me non arrivò alcun aiuto. La Luna restò a guardarmi in silenzio, come fosse testimone dei miei peccati.

Uno scricchiolio di ghiaia sotto stivali pesanti fu l'unico avvertimento che ebbi, ma troppo tardi, prima che un'ombra incombesse su di me. Colui che la proiettava era alto, largo e più grande di un uomo normale: un gigante scavato nella roccia. Un Berserker.

«Juliet», parlò l'ombra gigante. Dietro di lui, a destra, un'altra ombra scivolò sul terreno innevato. Un secondo guerriero. Soltanto un Berserker poteva essere così grande eppure muoversi così silenziosamente.

«Jarl.» Lasciai ricadere la testa contro il muro della roccia dietro le mie spalle, soffocando un gemito. Le mie preghiere, ovviamente, non sarebbero state ascoltate neanche quella notte. «E Fenrir.»

Quando li nominai, i guerrieri uscirono allo scoperto e si lasciarono bagnare dalla luce lunare. Entrambi erano barbuti e dalle spalle larghe, ma Jarl era un po' più grosso, e Fenrir era un po' più alto, con capelli più lunghi.

«Juliet» disse Jarl, scuotendo la testa. «Non indossi gli stivali.»

Nascosi i piedi nudi sotto l'orlo della mia veste. «Cosa volete?» gracchiai, sincera. Non aveva senso nascondere il mio fastidio.

«Lo sai cosa vogliamo» rispose lui, accovacciandosi accanto a me. Il profumo forte di bosco e di pino mi avvolse immediatamente. Lottai con tutte le mie forze per non lasciarmi andare contro di lui, come il mio corpo così tanto bramava. «Soffri ancora», osservò.

Risi piano, il mio respiro a formare piccole nuvolette nell'aria. «Alcuni dicono che la sofferenza sia il destino della donna.»

«Da quanto tempo?» mi chiese Jarl.

Leccai le labbra screpolate. «Lo sai da quanto. Mi osservi da mesi.»

Jarl imprecò. Fenrir si accigliò un po', avvicinandosi, restando però in piedi. Incrociò le braccia al petto e guardò la foresta silenziosa, sempre vigile.

Il peso sul mio cuore sembrò alleggerirsi. Il fatto che avessi questi due uomini accanto, vicini, a vegliare su di me mi faceva sentire più sicura. Più di quanto mi fossi mai sentita. Non mi piaceva sentirmi così accanto a loro, ma il mio corpo non mi lasciava altra scelta.

«Soffri da mesi e mesi senza alcun motivo» mi disse Jarl, piano, sfiorandomi con le dita la fronte. «È da tempo che aspettiamo di vederti arrivare da noi.»

Dovetti lottare contro ogni mio istinto per allontanarmi dal suo tocco. «È inutile che continui a ripeterlo... Io ho fatto un voto.»

Jarl strinse la mano a pugno. «Questo voto ti chiede anche la vita, in cambio? Non siamo stupidi, e non siamo ciechi, Juliet. Lo vediamo proprio come te che questa febbre va indebolendoti sempre di più ogni volta che arriva. Non puoi sopravvivere, così, non a lungo. Prima o poi, dovrai sottometterti alla tua lussuria.»

Gli mostrai i denti. «*Mai.*»

«Piccola Juliet... Non sei più una suora. Perché non vuoi ascoltare?»

«Io sarò sempre una suora.»

«Il Dio in cui credi e a cui hai dato la tua vita è davvero così crudele da volerti vedere agire contro i tuoi impulsi? Contro ciò che necessiti per andare avanti?»

Chiusi gli occhi per cancellare quelle parole, per zittirlo. *«Morte è la pena per chi ha peccato. Beati i puri di cuore, perché incontreranno l'Immenso.»*

«È inutile» tuonò Fenrir, con la voce così profonda da sembrare un ringhio. Aprii gli occhi di scatto.

Jarl si alzò. Per un attimo mi sentii delusa, ma la verità era che ero stata io stessa a respingerli. Sarebbe stato meglio, vederli andare via. Ne ero contenta. Davvero.

Jarl però non fece alcun passo indietro. Neanche Fenrir. Si guardarono, e d'un tratto le loro iridi si colorarono di giallo.

«Allora non ci lasci altra scelta», disse Jarl.

Mi alzai in piedi di scatto. «Che cosa vuol dire?»

Il braccio di Jarl scattò in avanti, incatenandomi con la mano il polso prima ancora che io potessi capire cosa stesse facendo. «Adesso, tu verrai con noi.»

Tirai indietro il braccio con forza, ma senza alcun risultato: non potevo liberarmi da quella presa forzuta. Non aiutava neanche il fatto che il suo polso era poggiato sulla pelle calda della mia mano, sfiorandola con delicatezza ancora e ancora, indebolendomi da dentro sempre di più.

«Cosa—»

«Questa storia finisce qui» sentenziò Fenrir. Poi si avvicinò a me così tanto da ingabbiarmi tra lui e il suo fratello guerriero.

Jarl mi tirò a sé così tanto che il mio corpo, d'improvviso, entrò completamente a contatto con il suo. «Ti prenderemo stanotte.»

JULIET

*R*icordo ancora la notte in cui i Berserker saccheggiarono l'abbazia.

Io ero coricata sulla mia branda, i miei piedi freddi fuori dalla minuscola coperta che mi copriva, quando un urlo agghiacciante mi aveva riscosso da un sonno privo di sogni. Mi ero ritrovata in piedi prima ancora di capire di essermi svegliata. Le urla riecheggiavano da ogni parte, sulle pareti e sui pavimenti, facendomi confondere. Tutt'intorno a me, le suore si agitavano sui letti.

Mi ero fatta strada velocemente verso le finestre, e in quel momento avevo visto: forme gigantesche e silenziose affollavano il perimetro dell'abbazia. Guerrieri. Barbuti e massicci, con la luce della Luna a far risplendere le loro asce, i loro coltelli, le loro spade. Erano armati fino ai denti, enormi e seminudi. Alcuni avevano in mano delle torce. Altri sfondavano le varie porte dell'abbazia, cacciando le loro prede dentro la sala di pietra, trascinando giovani donne dell'orfanotrofio via, lungo il prato.

Le urla che mi avevano riscosso provenivano da una delle ragazze al piano di sotto, che ora vedevo dalla finestra: la sua camicia da notte bianca per aria a sembrare uno spettro, gettata sulle spalle di uno dei guerrieri. Lo avevo guardato correre con lei in spalle e sparire dentro la foresta, incapace di fare nulla, senza fiato, un grido morto dentro la mia gola.

Non poteva essere vero.

Immediatamente, avevo fatto uno scatto verso la porta.

«Sorella Juliet, fermati subito!» aveva urlato Madre Badessa quando avevo provato ad aprire la porta.

«Dobbiamo aiutarle!» avevo gridato io, urlando con forza quando una delle sorelle mi aveva stretto una mano sulle spalle, intenta a trascinarmi nuovamente indietro. Le altre sorelle erano rannicchiate in un angolo.

«Stupida idiota» aveva ringhiato la Badessa. Addosso aveva solo un pigiama, e i suoi lunghi capelli grigi erano una corda pietosamente sottile lungo la schiena. «Questa è un'invasione. A nessuno importa di quelle stupide ragazze. Dobbiamo metterci in salvo noi.»

«Quelle sono le mie sorelle, quelle lì fuori nei guai!» avevo urlato allora, lottando contro la suora.

Suor Hilda, la Badessa, era una donna dalla corporatura forte e rotonda, una muscolatura spessa dovuta ai tanti giorni passati a lavorare nei campi. Con uno strattone mi aveva fatto cadere in ginocchio, facendomi sussultare di dolore contro il pavimento ruvido e dolorosamente duro, un sussulto al cuore al pensiero di ciò che stava accadendo di sotto; sembrava assolutamente assurdo che stessimo litigando lì dentro quando fuori l'abbazia era sotto attacco.

«Quelle lì sono soltanto orfane, prive di famiglia, prive di significato» aveva sputato la Badessa, guardandomi con sufficienza e sdegno. «Adesso siamo noi le tue sorelle. Vedi di fartelo piace—»

Ma la sua voce si era fermata di colpo quando la porta della nostra camera aveva preso a sussultare. Suor Hilda mi aveva lasciata andare, allora, scappando indietro, io insieme a lei. La spessa porta aveva opposto resistenza all'intruso forse un attimo; poi le asce l'avevano sfondata del tutto, e grandi mani l'avevano fatta a pezzi.

Avevo sentito le suore dietro di me urlare di paura, soprattutto quando grosse forme massicce avevano riempito il telaio. Suor Hilda e le altre aveva fatto lunghi passi indietro, lasciandomi da sola, senza neanche provare a salvarmi: i miei piedi, d'improvviso, avevano deciso di smettere di collaborare.

Mi ero quindi ritrovata tra i guerrieri con le loro asce e il resto delle monache. Gli uomini, che dalla finestra mi erano sembrati giganti, adesso erano ancora più grossi di quanto avessi pensato. Mi sovrastavano completamente.

«Fermatevi!» avevo gridato. Non saprei dire neanche perché; non so cosa mi avesse posseduto, ma ero stata presa da una strana follia. «Perché state facendo tutto questo? Che senso ha?»

Nessuno mi aveva dato una risposta. Uno di loro aveva annusato l'aria, come fosse un lupo. «Compagna», aveva poi detto. Accanto a lui, un lupo enorme, più alto di me nonostante fosse un animale, aveva cominciato ad annusare l'aria altrettanto. Le suore avevano cacciato un urlo quando l'animale era entrato ufficialmente nella stanza. Io tremavo dalla testa ai piedi, ma non mi ero mossa dalla mia postazione.

«Non potete entrare qui» avevo detto, allargando le braccia come a proteggere le suore dietro di me. «Non potete entrare, siamo suore, siamo pacifiche. Ci siamo donate a Dio.»

Il guerriero e il lupo mi erano quasi addosso quando altri due guerrieri si fecero avanti. Uno era alto e magro, con lunghi capelli scuri che scendevano lungo la sua schiena, una pelliccia portata a tracolla, calzoni di cuoio e nient'altro. Il secondo era più tozzo, ma comunque molto grande. Le sue braccia erano ricoperte di strani disegni e volute di colore scuro.

«Siamo venuti a prendere le profetesse» aveva detto il primo guerriero, a tutta la stanza piuttosto che a me soltanto. «Le stiamo portando via.»

«Perché?» avevo urlato io, e i suoi occhi si erano poggiati su di me.

«Non avere paura. Non vogliamo farvi del male.»

«Non volete… del male?» avevo balbettato.

Il guerriero tatuato aveva fatto un cenno d'assenso con la testa. «Tu puoi andare con le altre profetesse, se vuoi.»

«Via da questo posto!» aveva urlato allora la Badessa. «Prendete quelle strampalate, maledette ragazze e lasciateci in pace!»

Il guerriero tatuato aveva alzato un sopracciglio, stranito. Poi aveva guardato il suo compagno. Il lupo all'interno della stanza stava già andando via.

«No, un attimo!» avevo detto, incapace di credere a ciò che stavo per fare e per dire, ma fuori da quella stanza le urla continuavano ad echeggiare così forte da farmi perdere la testa. Una delle ragazze aveva appena cominciato ad urlare, «Aiuto!» prima che, per qualsiasi motivo, la sua voce venisse tagliata fuori completamente. Con un sussulto di paura, avevo detto velocemente, «Vengo io.»

«Come desideri» aveva detto il guerriero, avvicinandosi solo un altro passo prima di annusare nuovamente l'aria. «Sei una profetessa anche tu.»

«Io sono Suor Juliet.»

Il guerriero aveva detto qualcosa, ma troppo bassa e incomprensibile perché io riuscissi a capirla. Con tutte quelle urla, era difficile sentire qualcosa che non fosse urlata altrettanto.

«Piccola profetessa» aveva detto lo stesso guerriero, avvicinando la sua mano a me, come ad invitarmi a prenderla. A fidarmi.

Avevo esitato. Cosa stavo facendo? Era davvero prudente?

Ma prima ancora di poter cambiare idea, il guerriero aveva afferrato il mio braccio e mi aveva portato fuori dalla stanza. Un attimo dopo, il secondo guerriero dai capelli lunghi era con noi.

E poi, l'attimo dopo, il mondo intero sembrava essersi capovolto. Di colpo mi ero ritrovata a testa in giù, il corpo sulle spalle di uno dei guerrieri, intento a camminare in fretta.

«Lasciatemi andare!» avevo urlato, battendo i pugni sulla sua schiena. «Mettetemi giù!» avevo continuato, eppure questo aveva aiutato solo ad affrettare il passo dei guerrieri. L'abbazia, in un attimo, era stata lasciata, e intorno a me non c'era stata altro che foresta.

Avevo trattenuto un urlo, decidendo piuttosto di pensare in fretta. Combattere contro di loro non mi avrebbe portata da nessuna parte, ma neanche urlare. Chi sarebbe mai venuto in nostro soccorso? Avrei dovuto pensare molto duramente per trovare una soluzione, ma non riuscivo. I miei pensieri erano troppo incasinati dai recenti avvenimenti. Magari, avevo pensato, mi sarei risvegliata presto e avrei scoperto che tutto questo non era stato altro che un incubo.

Urla da qualche parte nella foresta mi avevano fatto voltare per cercare di capire dove stessimo andando. C'era luce più in fondo, in una radura in mezzo agli alberi. Lì, un cerchio di guerrieri era fermo intorno ad un gruppo di giovani donne in abiti bianchi. Le avevo riconosciute subito come le ortane dell'abbazia.

Il guerriero che mi aveva tenuta su di sé per tutto quel tempo mi aveva finalmente messa giù una volta arrivati. Io avevo provato a scappare via da lui, ma la sua mano si era immediatamente chiusa intorno al mio braccio, tenendomi in piedi e in equilibrio, in qualche modo, nonostante mi stesse impedendo di scappare.

Il gruppo di ragazze mi aveva appena vista e si era girato verso di me, piangendo. Avevo provato a liberarmi dalla stretta ancora una volta, ma il guerriero non mi aveva lasciato andare che fino a quando non aveva capito che stessi cercando di avvicinarmi a loro.

Le ragazze mi erano state addosso in un attimo, tremanti e con le lacrime a rigare le loro guance, impaurite. Alcuni guerrieri erano ancora intorno a noi, come a tenerci qui. Altri continuavano ad andare e tornare dall'abbazia, con loro ancora altre ragazze.

«Sh, sh» avevo mormorato io, piano. La gola era così secca da fare male, ma non m'importava; avevo afferrato la più giovane di tutte, e l'avevo stretta a me. «Andrà tutto bene.»

«Che cosa sta succedendo?» aveva singhiozzato una ragazzina di nome Meadow. Un lupo si era avvicinato a lei improvvisamente, annusando, cogliendola così tanto alla sprovvista che lei aveva cacciato un urlo, allontanandosi di colpo. Il suo grido era rimasto ad echeggiare per aria per molto più tempo di quanto fosse durato davvero.

«Non lo so» le avevo risposto, inghiottendo la mia paura. «Zitta, adesso, prova a calmarti. Vieni, su, aiutami con le bambine.»

Con le guance ancora rigate dalle lacrime, Meadow si era girata e aveva cominciato a seguire i miei ordini, richiamando altre ragazzine a lei.

Avevo portato la ragazzina che tenevo stretta dall'altro lato del mio fianco, e immediatamente la sua faccia si era nascosta sul mio collo. «Sh», avevo sussurrato. Si chiamava Clover. Un'altra delle orfane a cui erano state le suore a dare il nome. Era arrivata in abbazia da neonata, forse solo qualche giorno; io ero sempre stata l'unica madre che lei avesse mai conosciuto.

Il guerriero che mi aveva presa si era avvicinato a me, da dietro. Io mi ero girata a lanciargli un'occhiata di fuoco.

«Cosa avete intenzione di farne, di noi?»

Lui era rimasto a guardarmi per un po', prima di parlare. Le volte e gli intrecci dei suoi tatuaggi salivano fino al suo collo, e io mi ero ritrovata a chiedermi perché un uomo potesse sentire il bisogno di marchiare la sua pelle in questo modo.

«Va tutto bene», aveva risposto alla fine lui. «Non avete nulla di cui temere.»

«No, certo che no» avevo praticamente sputato io. «Ci avete attaccate nel bel mezzo della notte dentro la nostra casa, costrette ad andare via con voi, tirandoci fuori dai nostri letti. Perché mai dovremmo avere qualcosa di cui temere?»

Il guerriero aveva sbattuto le palpebre una, due volte. Poi, le sue labbra si erano aperte in un sorrisetto interessato che mi aveva fatto improvvisamente mancare il respiro, costringendomi a fare un passo indietro. Dentro di me, la sensazione di sorpresa che mi aveva preso da capo a piedi era più per quel sorrisetto e il modo in cui io avevo appena risposto ad esso che per tutta la situazione in cui eravamo.

«Non hai paura di me.»

Avevo inghiottito la mia risposta. Perché io ero impaurita, non era forse vero?

Il guerriero aveva inclinato la testa di lato, studiandomi. «Non hai le scarpe.»

Avevo abbassato lo sguardo verso i miei piedi nudi. «Certo che non ho scarpe» avevo detto poi io, con tono esasperato.

Il guerriero aveva aperto la sua bocca per rispondermi,

quando l'altro, quello con i capelli lunghi, si era avvicinato per richiamarlo. «Andiamo.»

«Andiamo?» avevo chiesto, la voce affilata. «Andiamo dove?»

Ma nessuno mi aveva risposto; il guerriero tatuato si era limitato ad afferrarmi per il braccio, e portarmi via.

I GIORNI successivi erano stati d'inferno totale, in cui i guerrieri ci avevano portati sul loro pezzo di montagna.

I Berserker, avevamo scoperto lungo il tragitto, non erano uomini cattivi; non ci avevano mai fatto del male. Ma i giorni passati a camminare mi avevano logorato fino alle ossa. Spesso avevo camminato al centro di un gruppo di ragazze orfane, Meadow un'ottima aiutante per calmarle e asciugare loro le lacrime. A volte, le più giovani si stancavano così tanto di camminare che chiedevano loro stesse ai guerrieri di portarle in braccio.

«Chi sono?» mi aveva sussurrato Meadow all'orecchio una notte, sdraiata accanto a me di fronte al fuoco per poter riposare qualche ora. Mi facevano male i polpacci, e i miei piedi nudi sembravano sul punto di prendere fuoco. Avevo lasciato l'abbazia con nient'altro che la mia tunica bianca. Erano giorni che camminavo a piedi nudi, chilometro dopo chilometro.

«Sono guerrieri. Uomini del Nord.» Lo sapevo soltanto perché avevo origliato alcuni degli uomini alti e pallidi parlare delle loro guerre passate. Guerrieri impavidi, che lasciavano dietro sé soltanto rovine. Potevo facilmente immaginarmeli come quelle piaghe non volute che si prende-vano comunque tutto ciò che volevano. «Hanno servito per tanto tempo come mercenari al servizio di uomini forti, prima di stabilirsi sulle montagne.»

«Te lo hanno raccontato?» mi aveva chiesto Meadow, stupita.

«No.» Eppure, anche nel rispondere a lei avevo sentito dentro di me la sicurezza che, se avessi voluto, avrei potuto chiedere. I due guerrieri erano stati spesso al mio fianco. Tra le conversazioni con gli altri guerrieri, avevo appreso il nome di quello tatuato: Jarl. Quello alto che mi seguiva come un'ombra, invece, si chiamava Fenrir. Ogni volta che si erano avvicinati, inspiegabilmente avevo sentito la mia pelle formicolare di consapevolezza, ma avevo fatto del mio meglio per ignorare ogni cosa.

Meadow aveva preso a mordicchiarsi il labbro, lo sguardo rivolto ai guerrieri seduti intorno al fuoco. Di tanto in tanto, uno di loro andava via e dopo un po' dalla foresta tornava un lupo. Più di una volta avevo sentito il mio corpo tremare in preda ai brividi al pensiero di ciò che la cosa potesse significare.

«Perché vogliono noi?» aveva chiesto alla fine Meadow.

«Questo non lo so.»

La verità era che in fondo, dentro di me, lo avevo ormai capito, ma era un pensiero che una ragazza e, soprattutto, una suora come me non avrebbe dovuto avere.

A quel punto, mi ero allontanata da Meadow e mi ero messa a dormire. Quando era arrivata l'alba, mi ero risvegliata con un paio di stivali nuovi e uno spesso mantello accanto alla testa. Entrambe le cose erano più belle di quanto avessi mai visto.

Avevo provato ad indossarli, e avevo scoperto che mi calzavano a pennello. Quando avevo alzato lo sguardo, Jarl mi stava osservando dall'altro capo del fuoco. Io mi ero voltata subito dopo, ma né lui né Fenrir avevano detto una parola a riguardo per tutto il tempo successivo; io sapevo bene, nonostante questo, che erano stati loro gli artefici di questi due regali.

Per il resto del viaggio mi ero rifiutata tassativamente di parlare con loro, di guardarli soltanto.

Non li avevo ringraziati, non avevo pensato a loro, avevo finto di non essere consapevole della loro presenza.

Avevo preferito non riconoscere il significato di quei loro doni.

JULIET

«*H*o sentito parlare i guerrieri. Laurel aspetta un bambino.» Meadow si lasciò cadere accanto a me sul letto, un labbro stretto tra i denti.

«Buon per lei» dissi io, alzandomi e sussultando per il freddo. Nelle montagne, l'autunno era arrivato in fretta. Afferrai il mio mantello—quello che Jarl e Fenrir mi avevano regalato—e lo strinsi intorno alle mie spalle. Era blu scuro, foderato di pelliccia di coniglio. Pesante e caldo abbastanza da essere ottimo anche per l'inverno.

Erano passate ormai diverse lune dalla prima in cui i Berserker ci avevano portati con loro nella loro casa. Le orfane ed io, ora, vivevamo in una capanna nelle cime più alte, circondate da foresta e alberi.

«Vorrei andare a farle visita. Magari potrei restare un po' con lei mentre aspetta il gran giorno» disse Meadow, attorcigliandosi una ciocca di capelli tra le dita.

«Magari. Puoi chiedere alle guardie.» Ce n'era sempre una stazionata di fronte alla nostra casa. Per tenere gli altri lontani tanto quanto per tenere noi rinchiuse.

«Non vogliono più vederci andare in giro» disse Rosalind

15

dal suo posto vicino al camino. Sul pavimento, sua sorella Aspen era intenta a giocare con le ragazze della sua età— Violet, Briar, Juniper e Clover. «Dicono che è troppo pericoloso.» Rosalind si lasciò andare ad un piccolo singhiozzo. «Se questi guerrieri sono così forti, allora perché non uccidono il Re dei Morti e basta?»

All'angolo opposto della stanza, sentii Fern sussultare. Mi girai a guardarla stranita, ma ancora una volta si era rannicchiata in una bolla tutta sua, i suoi capelli rossi a nasconderle il viso.

«Non dovremmo parlare di Lui» la avvertì Meadow in un sussurro.

«Lui chi? Il Re dei Morti?» Rosalind scacciò i suoi capelli lunghi e biondi dietro le spalle. «Io non ho paura di lui.»

Meadow si fece rigida.

«Non c'è vergogna nel provare paura» dissi io con gentilezza, portando la mano sulla spalla di Meadow, e lei si calmò subito.

«È per questo che ti nascondi fuori dalla capanna ogni volta che c'è la luna piena?» mormorò Rosalind sottovoce.

Questa volta fui io a farmi rigida. Aprii la bocca, pronta a negarlo, ma le mie labbra si erano fatte di pietra.

«Rosalind» mormorò Fern, e la bionda chiuse gli occhi.

«Mi dispiace, Juliet. Non volevo dirlo.»

Ciò che era fatto era fatto, però. Quello che era stato detto era stato detto. Il mio segreto era ora fuori, conosciuto da tutti. Solo ora mi resi conto che forse non era mai stato un segreto di tutto principio.

Mi alzai, sistemandomi il vestito con quanta più compostezza riuscissi a trovare. Sia Rosalind che Fern mi guardarono tutto il tempo, una spaventata, l'altra triste. Chiaramente, entrambe si sentivano in pena per me.

«Vado a prendere dell'acqua», dissi. «Controllate le più

piccole. Se vogliono andare fuori, non fatele andare troppo lontane.»

«Hai bisogno di aiuto?» mi chiede Meadow, scattando in piedi e sistemandosi i capelli. Era sempre pronta a lasciare la sicurezza della capanna. Non per prendersi realmente cura delle varie faccende o per tenermi compagnia, ma per poter guardare i guerrieri, uno in particolare. Molto spesso l'avevo scoperta a guardare una delle guardie che più spesso venivano a posizionarsi di fronte la nostra nuova casa. Era ancora troppo timida per flirtare apertamente, ma presto avrebbe perso quella timidezza.

Quasi fui sul punto di dire qualcosa di più cattivo, ma riuscii a frenarmi in tempo. «No, voglio stare da sola.»

Vidi la sua espressione crollare, e immediatamente addolcii il mio tono. «Quando ritorno, possiamo andare insieme a raccogliere fiori selvatici. Assicuratevi che le più piccole siano vestite e abbiano indossato le loro scarpe.»

Superai Rosalind.

«Mi dispiace» disse lei ancora una volta. Afferrai velocemente la sua spalla, come per dare conforto ad entrambe, ma al contrario di Meadow, lei non si fece più calma. Rosalind era così: era sempre pronta ad attaccare, lei. Come se il suo viso meraviglioso fosse fatto di nient'altro che argilla: favoloso, ma un passo falso e si sarebbe frantumato immediatamente in cocci così affilati da far sanguinare.

Non potevo biasimare il suo stato d'animo. Anche io mi sentivo spesso come lei—preoccupata, arrabbiata, spaventata, incapace di fidarmi dei nostri rapitori. Sollevata quando venivamo costantemente nutrite e tenute al caldo, al sicuro. Ma, più in fondo, mi sentivo sempre preoccupata da quella voce dentro la mia testa che mi diceva che non sarebbe passato molto tempo prima che i Berserker venissero a cercare di riprendermi un'altra volta per farmi loro.

Quando lasciai la capanna, la tensione scivolò via dalle

mie spalle come fosse stata un mantello invisibile stretto con forza alle mie membra. Ero rimasta sveglia con Ivy e Clover, quella notte, che non riuscivano a trovare riposo. Anche Fern aveva avuto più di un incubo, quella notte. Stavano ancora cercando di sistemarsi in quella nostra nuova casa.

Afferrai i secchi e presi a camminare in direzione del ruscello. Intorno a me, la radura sembrava libera di gente, e la foresta silenziosa, ma ormai avevo capito come funzionava, soprattutto quando uscivo io. Sentii la pelle del mio collo formicolare, consapevole della presenza dei due guerrieri sempre pronti a sorvegliarmi.

Non riuscii a fare più di cinque passi prima che una grande ombra si muovesse da dietro un albero. Quasi persi il fiato, ma sentii i miei piedi continuare il loro cammino anche quando il guerriero di nome Jarl prese a camminare al mio fianco.

«Profetessa» salutò lui, camminando al mio fianco.

Mi irrigidii, ma non dissi una parola e non mi girai a guardarlo. Sentii lo stomaco fare capriole dolorose per qualche secondo di troppo. Sarei volentieri tornata dentro la capanna a nascondermi, se avessi potuto, ma decisi di non farlo. Allungai la schiena e continuai lungo il mio cammino. Non mi ero mai piegata di fronte a quei guerrieri, e non avrei cominciato certamente adesso.

Qualche altro passo, e dalle ombre uscii un altro guerriero. Fenrir. Ovviamente. Dovunque era Jarl, lì c'era anche Fenrir, e viceversa.

«Bella mattinata per fare una passeggiata» disse ancora Jarl, come se non fosse chiaro che lo stessi ignorando. Scossi la testa, e lo vidi farmi un occhiolino.

Provai ad aumentare il passo, ma le sue gambe lunghe a malapena registrarono la cosa. «Non hai più indosso il velo» notò il guerriero.

Istintivamente, la mia mano andò sui miei capelli, lì

dove sempre c'era stato un velo. Un segno della mia dedizione verso Dio. Avevo deciso di smettere di indossarlo poche settimane dopo essere arrivata alla montagna dei Berserker. Non ero più una suora, del resto. Non sapevo più chi fossi.

Era una bella giornata; lo sarebbe stata di certo, se avessi continuato ad ignorare la presenza dei due guerrieri che continuano ad insistere a venire con me. All'abbazia, avevo diviso la mia vita in piccole, semplici sezioni che venivano scandite e divise dal suono di una campanella. Preghiere, pasti, e ancora preghiere. A volte c'era il digiuno, a volte c'erano dei banchetti, anche se questi festeggiamenti erano per lo più per gli abitanti del villaggio che per noi, che all'abbazia ne vedevamo davvero pochi. La mia vita dentro quelle mura di pietra era stata semplice, sicura.

Ma adesso vivevo nella montagna dei Berserker. Non c'erano più campanelle che segnavano il passaggio delle ore. Soltanto grilli e canti d'uccelli a riempire il silenzio. Soltanto fiori di campo e pini selvatici. Niente regole, niente preghiere, niente più velo per nascondere i miei capelli. Soltanto una bellissima vista dall'alto e, più in là, una cascata di Cielo ininterrotto.

Ma se Dio aveva creato il mondo, allora aveva creato anche questa valle. Erano gli uomini che cercavano di rendere la vita piccola. Gli uomini che avevano creato l'abbazia, e legato le ore del giorno al rintocco di una campana. Uomini a dirmi quando avrei dovuto alzarmi, quando avrei dovuto mangiare, quando avrei dovuto lavorare, quando avrei dovuto vestirmi.

Quante delle regole che avevo seguito così duramente e ciecamente per tutta la vita erano state create dagli uomini invece che dal Dio a cui avevo consegnato il mio cuore e la mia vita?

«Sei arrabbiata» disse Jarl.

Mi assicurai di cancellare il cipiglio dalla mia fronte prima di scuotere la testa.

Quando raggiunsi il ruscello, Jarl non chiese nemmeno; prese uno dei due secchi dalle mie dita e si diresse verso l'acqua, e Fenrir fece lo stesso con l'altro. Io restai ferma e a disagio di fronte la riva, incapace ora di fingere di non vederli o sapere di averli con me.

Erano massicci come macigni, quei due guerrieri. I capelli neri di Fenrir erano sciolti, cadevano lungo la schiena, così lunghi da essere bagnati dall'acqua. Jarl aveva legato i suoi con un elastico. Entrambi avevano addosso calzoni di pelle, un mantello di pelliccia e nient'altro. Fenrir era a torso nudo, mentre Jarl aveva una giacca senza maniche, le sue braccia coperte da simboli pagani.

Quando tornarono da me, mi avvicinai al secchio dell'acqua, ma Jarl scosse la testa e continuò a camminare. Girai sui miei tacchi anche io, iniziando a camminare verso la baita. Avrei camminato piano, se fossi stata da sola, ma la verità è che avevo troppa paura di restare troppo sola con questi uomini.

Allo stesso tempo, però, avevo promesso a Meadow che avrei scoperto se avessimo il permesso di visitare Laurel.

«Ho sentito dire che una delle profetesse è incinta» dissi allora, utilizzando il termine che a loro sembrava piacere così tanto. "Profetessa". Una donna che poteva accoppiarsi con i Berserker, a quanto pareva. «Ci chiedevamo se potessimo andare a trovarla.»

«Quale?» mi chiese Jarl, e sentii i miei piedi allentare il passo.

«Più di una di loro è incinta?» chiesi allora. Laurel, Hazel, Willow e Sage avevano tutte dei guerrieri per loro. Anche loro erano state portate via dall'abbazia a forza, eppure ora mi sembravano felici. Tutte, tranne Hazel, erano accoppiate non con uno ma con due guerrieri. A volte il pensiero mi faceva venire il mal di testa; non riuscivo a capire come fosse possibile.

Forse non avrei *dovuto* provare ad immaginarlo possibile, eppure, dopo tutte le lune passate con Jarl e Fenrir vicino, purtroppo lo avevo fatto.

Che Dio mi perdoni.

Vidi Jarl sorridere come se riuscisse a immaginare i miei pensieri. «Tra quattro notti ci sarà una festa. Un modo per festeggiare questi nuovi avvenimenti.»

«Magari potremmo andare ad aiutare con le preparazioni, allora?» chiesi io, nascondendo un sospiro. Meadow e le altre sarebbero state contente della cosa. Rosalind odiava lasciare la capanna per troppo a lungo, però; probabilmente, lei sarebbe stata l'unica a tenere il broncio.

«Perché no, si può fare.»

«Juliet» mi richiamò Fenrir, avvicinandosi a me con la fronte aggrottata. «Dove sono i tuoi stivali?»

«Li ho dati ad un'altra ragazza.»

Tutte le orfane erano ormai fatte più grandi dalla prima notte in cui eravamo state dentro la capanna. I Berserker ci davano cibo ogni giorno, e spesso quello era carne. Per questo, non potevo fare altro che ringraziarli. Clover e Aspen si erano fatte più luminose più cibo andavano ingurgitando, e Juniper era cresciuta di ben una tacca sul piede in meno di due lune. Le avevo regalato i miei stivali, a quel punto.

Jarl fece una smorfia. «Se chiedessi, ti daremmo tutto ciò che vuoi.»

«Non mi sognerei mai di farvi perdere del tempo con simili richieste. Sicuramente, avete cose più importanti di cui preoccuparvi.»

«Niente è più importante di te.»

Jarl si mise davanti a me sul sentiero, ed io mi fermai di colpo, prima di finirgli addosso. Con mia sorpresa, lo vidi inginocchiarsi per terra e poggiare il secchio pieno d'acqua al

suo fianco. La sua mano si chiuse poi intorno alla mia caviglia, alzandomi la gamba con forza. Il movimento improvviso mi fece perdere così tanto l'equilibrio che sarei
sicuramente finita per terra, se Fenrir non mi avesse fatto da
scudo dietro di me.

«Ma che fai?» chiesi, a voce alta.

Jarl aggrottò la fronte, accigliato, mentre esaminava le
piante dei miei piedi. «Devi indossare degli stivali, Juliet.
Non è più estate; ti farai male ai piedi.»

«Non mi toccare!» scattai allora.

«Ti preoccupi tanto di tutti, Juliet… ma chi si prenderà
cura di te?»

Jarl lasciò andare la mia caviglia e Fenrir mi mise nuovamente dritta, ed io non persi tempo a stringere con forza il
mantello intorno al mio corpo, come se questo potesse
salvarmi.

Jarl ebbe l'audacia di ridacchiare. «Calmati, piccola profetessa.» Sentii la mia mano stringersi in un pugno. «Non hai
nulla di cui temere, con noi.»

«Ah, no?» ringhiai io, avventandomi su di lui. «Allora,
dimmi, qual è lo scopo di tenerci rinchiuse qui? Perché
portarci in questa montagna?»

Conoscevo la risposta, ovviamente, ma tutta la rabbia che
avevo tenuto dentro sin dal nostro arrivo minacciava di
uscire fuori, ed io non sapevo come frenarla.

«Abbiamo bisogno di donne che possano spezzare la
nostra maledizione. Lo sai bene, ormai. Senza una compagna, usciremmo fuori di testa.»

«E che mi dici del fatto che, magari, potremmo non
volere un compagno?»

Jarl inarcò il viso di lato. Il suo sguardo scivolò sul mio
corpo, su e giù, e immediatamente sentii il calore invadermi
da capo a piedi senza volerlo.

«Perché non ci dai una possibilità, piccola profetessa? Ti

assicuro che, in men che non si dica, ti ritroveresti pronta e vogliosa.»

Con tutte le mie forze cacciai via il calore, e diedi invece alla rabbia il potere di riempirmi.

«Perché dovrei darvi una possibilità? Perché dovrebbero le altre? Avete invaso l'unica casa che abbiamo mai avuto, e ci avete prese! Alcune delle orfane non hanno che otto o nove anni. Davvero le unireste a guerrieri che hanno il triplo dei loro anni?»

«Ci sono molti luoghi in cui questa è pratica comune» mi rimproverò Jarl, ed io arrossii immediatamente. Sapevo che era vero; forse ero sempre stata chiusa dentro le mura dell'abbazia, ma sapevo come funzionasse il mondo, fuori.

«Loro sono ancora molto giovani…»

«Non avere paura, Juliet. Le piccole sono al sicuro, non saranno toccate. Sei al sicuro anche tu» sentenziò, avvicinandosi a me. Se avessi voluto, avrei potuto facilmente allungare la mano e toccare il suo petto. Tracciare le linee dei suoi tatuaggi e scoprire fino a dove si spingevano davvero, dove l'inchiostro finiva e dove iniziava.

Strinsi con forza le mani a pugno sotto il mio mantello. Avevo giurato tanto tempo prima di restare casta e pura. Perché, *oh, perché* questi due uomini mi facevano formicolare così tanto le mani?

«Prima di fare qualsiasi cosa, aspettiamo che le profetesse entrino in calore» mi spiegò allora Fenrir, prendendo parola. «Solo allora i guerrieri hanno il permesso di corteggiarle.»

«In… calore?» chiesi, arricciando il naso, confusa.

Jarl mi scoccò un sorrisetto e si preparò a rispondere, ma Fenrir lo interruppe prima che ne avesse il tempo. «Il calore arriva quando una profetessa è pronta ad accoppiarsi.»

«E che succede se una profetessa non si sente mai pronta a farlo?» chiesi velocemente.

«Allora la profetessa non avrà di che preoccuparsi» disse

semplicemente Fenrir, facendo spallucce. «Nessun guerriero toccherà mai una donna senza il suo consenso. La pena è la morte. È una legge, tra di noi.»

Un battito di ciglia, e così come l'apprensione era arrivata, andò via. Non mi sentivo più arrabbiata. «Beh... bene, allora. Mi sembra giusto.»

Le profetesse me l'avevo già detto, ovviamente, ma io non ci avevo creduto. Sentire Jarl e Fenrir confermare che questa fosse una legge dettata dagli Alpha mi faceva sentire molto meglio.

«Era questo tutto ciò che volevi dire, piccola moglie?» disse Jarl, gli occhi brillanti. «Non vuoi litigare più?»

«Perché chiamarmi moglie?» chiesi allora, confusa. «Non lo sono. Non lo sarò mai.»

«No?» mi chiese ancora Jarl, e gli occhi si fecero dorati. Lo vidi alzare il viso e annusare l'aria in modo animalesco, come un lupo a caccia.

Sentii lo stomaco fare una capriola a quel gesto, e immediatamente portai una mano sul vestito, come per sistemarlo.

«Ho una domanda» disse Fenrir. Lui parlava raramente, ma quando lo faceva, la sua voce chiedeva attenzione.

Mi voltai verso di lui. «Prego, chiedi.»

Con la coda dell'occhio, vidi la mascella di Jarl irrigidirsi, e provai perverso piacere nel dargli le spalle e ignorarlo per parlare con il guerriero più alto.

Fenrir si mise a sedere su una roccia vicina, così da non torreggiare più troppo su di me. «Perché così tante orfane portano nomi di erbe, fiori o alberi?»

Finalmente, una domanda facile a cui rispondere. «La maggior parte delle ragazze sono arrivate in abbazia quasi appena nate, senza un nome con loro. Sono state le suore a darglieli, allora. Sorella Theresa ha dato alle prime nomi di erbe, e tutte le altre hanno seguito le sue orme subito dopo.»

Fenrir annuì, il viso solenne, come se gli avessi appena

rivelato un gran segreto. La sua energia mi portò a sedermi a mia volta in una roccia lì vicina, per poter spiegare meglio. «Rosalind e Aspen sono state diverse; quando sono arrivate, Rosalind aveva già un nome. Aspen no. Era troppo piccola.»

«E il tuo nome è Juliet» s'intromise Jarl.

«Sì», confermai io, intenta a strappare qualche erbetta dal terreno.

«Perciò tu conoscevi la tua famiglia» concluse.

«No… anche io sono arrivata all'abbazia molto piccola, ma forse grande abbastanza da aver ricevuto un nome alla nascita prima di essere lasciata» spiegai, tirando le erbette lontano.

«Perché—» cominciò Jarl, ma con un cenno del capo, Fenrir gli intimò di fare silenzio. Jarl acconsentì con un ringhio sommesso.

Improvvisamente, e stranamente, non mi sembrava più tanto strano o sbagliato, restare seduta alla luce del giorno nella radura a parlare con questi guerrieri. Fenrir si sporse in avanti per strappare via dal terreno una bellissima margherita gialla dallo stelo lungo, per poi porgerla a me. Io la presi e avvicinai il fiore alle mie labbra come stessi annusando il suo profumo, quando in realtà stavo cercando di nascondere il mio sorriso. In qualche modo, riuscivo a sentire il corpo di Jarl farsi più teso, come pronto ad esplodere.

«Fenrir» dissi allora. «Significa 'lupo'.»

E il lupo in questione fece un cenno d'assenso con il capo. Esitai. Questi guerrieri, incredibilmente, erano lupi oltre che umani. E avevano anche una terza forma, una forma mostruosa che avevo visto soltanto pochissime volte, a distanza, dentro la foresta. Avrei tanto voluto fare domande sulla maledizione dei Berserker, ma non riuscivo a trovare il coraggio di farlo. Se il frate fosse stato qui, li avrebbe catalogati tutti come demoni.

Non avrei dovuto essere curiosa. Avrei dovuto punirmi e

poi pregare Dio di perdonarmi per questi miei pensieri impuri. E, invece, avevo smesso di sognare fuoco e demoni e avere paura dell'inferno. E, in quel momento, non sentivo altro che curiosità e desiderio di intrecciare le mie dita nei capelli lunghi di Fenrir.

«La mamma di Jarl scelse il suo nome per lui contro il volere del marito» disse improvvisamente Fenrir, la voce stranamente soffice, prima di lasciarsi andare ad un sorrisetto raro. «Magari, se glielo chiedi gentilmente, Jarl ti spiegherà il perché.»

«Perché?» chiesi allora a Jarl, e vidi il guerriero tatuato scoccare un'occhiata di fuoco a Fenrir. Il guerriero dai capelli lunghi ridacchiò dolcemente.

Jarl si schiarì la gola. «Mia madre era convinta che sarei diventato un *jarl*. Un conte» spiegò, traducendo la parola nella mia lingua. «Un Lord tra gli uomini.»

«Eri figlio di un Lord, allora?» chiesi, confusa.

Quando Jarl imprecò immediatamente dopo, Fenrir scoppiò a ridere.

«Sei astuta, piccola profetessa» disse Fenrir, e il mio corpo sembrò vibrare interamente a questa sua lode sommessa e quel suo sguardo acceso.

«Juliet?» richiamò una voce femminile, ed io imprecai silenziosamente. Meadow e Fern erano in piedi davanti la porta della capanna, intente a guardarsi in giro. Meadow aveva gli occhi stretti e un cipiglio in fronte, intenta a cercarmi. Balzai in piedi prima che potessero accorgersi dove fossi, cosa stessi facendo, seduta a conversare con quei due uomini.

«Devo andare.» Ancora una volta provai a prendere i secchi, ma Fenrir mi precedette: li prese, ed io scostai subito la mano per evitare di toccarlo.

«Hai paura di noi?» mi chiese, guardandomi negli occhi mentre alzava i secchi e me li porgeva.

«No», risposi di getto io, e sapevo che era vero. Non mi avrebbero mai fatto del male; era una consapevolezza strana, da avere, eppure quella sicurezza l'avevo sentita sin dall'inizio. Sapevo fosse vero.

Gli occhi di Fenrir si accesero, come trionfanti. Restai ferma di fronte ai due guerrieri, le mani a scivolare lungo il mio vestito. Qualcosa era appena cambiato, tra di noi, ma io non sapevo cosa fosse. Forse non volevo saperlo.

«Vai, allora, piccola moglie.» Fenrir mi porse i secchi e fece cenno verso la capanna con il mento. «Dì alle altre profetesse che possono prepararsi per il banchetto che si terrà tra qualche giorno. E, più tardi, vi porteremo i vostri pasti.»

«Bene. Grazie. E… non chiamatemi così, nessuno dei due» dissi. Poi me ne andai in fretta, chiedendomi se non fossi stata ridicola.

Fenrir

Restai a guardare la dolce suora correre attraverso il campo. La guardai avvicinarsi alle sue amiche, due profetesse non ancora accoppiate più giovani di lei. Le vidi abbracciarsi prima di rientrare dentro la capanna.

«Sta entrando in calore» mormorò Jarl. «Vorrebbe nasconderlo, ma ne ho sentito l'odore.»

«Da noi non potrebbe nascondersi mai.»

Giù alla capanna, una folla di giovani donne uscì dalla casa guidata da una più grande. Juliet teneva una bambina sulle braccia, in equilibrio su un fianco. Non si girò a guardarci mentre guidava le altre verso il prato fiorito dall'altra parte del campo.

Mi accovacciai sulle gambe, prendendo tra le mani i piccoli fiori e le erbette che Juliet aveva stracciato e tirato via.

«Opporrà resistenza, fratello», dissi.

Anche senza guardarlo riuscii a sentire le labbra di Jarl curvarsi in un sorrisetto. «Un ostacolo facilmente superabile.»

«E che mi dici del decreto degli Alpha, allora?»

«Che dovrei dire?» chiese lui, scrollando le spalle. «Gli Alpha dicono ciò che devono dire. Ma quando hanno trovato la loro, di compagna, intenta a lavarsi in quella pozza d'acqua termale, non hanno davvero fatto nulla per frenare i loro impulsi. L'hanno reclamata e basta.»

«Non sono davvero gli Alpha, a preoccuparmi. Le loro compagne lo sono. Sono protettive nei confronti delle loro amiche non accoppiate, soprattutto quelle più giovani.»

«Juliet non è una bambina. È abbastanza grande per lasciarsi andare ai suoi desideri.»

«O per rifiutare di accomodarli.»

Jarl allungò il viso verso l'alto, gli occhi rivolti al Cielo. «Tra quattro notti, alla festa, su questo cielo si ergerà la luna piena. Juliet entrerà in calore. A quel punto, potremo renderle noto il nostro desiderio per lei.»

Allargai le dita, lasciando che i petali e l'erba scivolassero dalle mie dita.

«Juliet è una ragazza intelligente. Ha già capito quali sono i nostri desideri. La vera domanda è: accetterà di averne anche lei per noi?»

JULIET

Quattro notti più tardi, ci riunimmo tutti sull'altro versante della montagna per festeggiare. Mentre la notte scendeva sempre di più su di noi, la luna continuava a salire in cielo, grande, rotonda e dorata.

«Luna del raccolto» disse Sage all'improvviso, spostandosi dal focolare di Laurel al fuoco più grande lungo la collina.

«Luna del cacciatore» la corresse allora Hazel, poggiando un piatto di pane su un'asse grezza che fungeva da tavolo.

«Luna di miele» disse Laurel, come persa nei suoi pensieri, senza neanche rendersene conto, e arrossì quando sentì le altre scoppiare a ridere. La sua figura era perfetta come sempre, con la pancia che cominciava a curvarsi sotto i suoi seni pieni.

Sorrisi a lei e alle altre. Ero più grande di loro, ma alla fine, all'orfanotrofio eravamo cresciute insieme. Erano le uniche sorelle che avessi mai conosciuto. «Ho sentito dire che dopo questo inverno avremo più di un nuovo bambino. Quello di Laurel è uno, ma gli altri chi sono?»

All'unisono, Sage, Hazel e Willow portarono le loro mani sulle loro pance piatte. Poi i loro occhi si spalancarono mentre tutt'e tre si scambiavano sguardi sorpresi.

«Tu, Hazel?» gridò Willow, mentre Sage diceva, «Oh, Dio, Willow, anche tu?»

«E anche Sage!» annuì Hazel, e le tre si lasciarono andare a risatine e gridolini entusiasti prima di abbracciarsi.

«Oh… Oh, mamma mia…» Laurel scoppiò a piangere dall'emozione, ma le sue labbra erano curvate in un sorriso. «Oh, non preoccupatevi, sono lacrime di gioia! Sono così felice!» disse, scacciando via i nostri tentativi di confortarla.

Il cuore mi faceva così male da rendermi difficile persino respirare.

«Congratulazioni» dissi loro velocemente, poi mi affrettai ad occuparmi di sistemare il cibo sui tavoli. I Berserker preferivano mangiare all'aria aperta, probabilmente perché per loro la cosa più divertente da fare era vedere quanto in alto riuscivano a far arrivare il fuoco. Due volte, quella sera, fui costretta ad allontanare alcune delle ragazze più giovani dalle fiamme più alte. Avevo steso alcune coperte sull'erba, in modo da sederci tutte quante. Meadow, Angelica e Fern erano lì, intente a tenere le più piccole vicine.

Laurel aveva ancora le lacrime agli occhi. Un guerriero il cui viso era pieno di cicatrici si avvicinò a lei da dietro, le sussurrò qualcosa all'orecchio e poi la strinse a sé. Laurel si lasciò andare ad un sospiro prima di stringerlo a sé e guardarlo con amore. Dovevo ammettere che facevano una bella coppia, l'enorme guerriero con le braccia intorno al corpo della sua donna perfetta e incinta.

Io non avrei mai avuto una cosa del genere nella mia vita, però. Quando avevo preso i voti, la scelta era stata semplice come quella di respirare. Non avrei mai lasciato l'abbazia per andare con uno degli uomini scelti dal frate; sarei rimasta lì, come una suora, e avrei vissuto per tutta la vita dentro la protezione di quelle mura di pietra. Sarei stata al sicuro. Avrei vissuto la vita che avevo voluto io. Amavo i bambini, ma restare all'abbazia e in orfanotrofio sarebbe stato abbastanza per me avere accanto abbastanza bambini da durarmi una vita intera, come fossero stati miei.

L'unica cosa a cui avevo dovuto rinunciare davvero era stata la prospettiva di avere un marito, in futuro, e quella rinuncia era stata semplice. Che cosa avrei dovuto farmene di un uomo? Se qualche notte dal momento in cui avevo preso i miei voti ero andata a dormire con uno strano senso di vuoto nel petto, beh, lo ricacciavo via sempre ricordandomi che non sarei mai stata sotto le dipendenze di un uomo. Soltanto di Dio. E solo così avrei potuto conquistare tutti i miei desideri.

Ma tutto ciò era stato prima di incontrare i Berserker.

Finii di pensare al cibo e tornai al mio gruppo. Le profetesse ancora prive di un compagno, come ci chiamavano i Berserker. Ma persino tra loro mi sentivo fuori posto.

«Juliet!» Meadow mi salutò con la mano, facendomi cenno di sedermi accanto a lei. Il Sole stava ormai tramontando, ma c'era ancora abbastanza luce per poter giocare. Un gruppo di guerrieri stava facendo un gioco violento di qualche tipo, qualcosa con frecce e archi, intenti a cercare di prendere una palla di pelle. Ovviamente, la maggior parte di loro erano mezzi nudi. Soltanto un perizoma di pelle copriva le loro parti basse.

Alcuni erano privi anche di quello.

Gli occhi di Meadow erano spalancati. Resistetti all'impulso di coprirle gli occhi con le mani, e invece presi a grattare i miei. Troppe notti insonni e troppo fumo dei vari falò stavano rendendo le mie palpebre pesante.

Ma era più di questo, e lo sapevo. Dentro di me, dentro il mio stomaco, lo sentivo ribollire. Il calore, dentro di me, si stava alzando. Mi aveva già preso una volta, ma questa volta sembrava più brutto che mai.

Sage e Willow li avevano sempre chiamati i momenti di "febbre". Molte delle nostre sorelle ne avevano provato gli effetti. Da quello che mi avevano raccontato, il calore chiamava i Berserker. Era quello che ci marchiava come donne capaci di spezzare la loro maledizione.

E ora era arrivato anche per me.

«*Il calore arriva quando la profetessa è pronta ad accoppiarsi*», aveva detto Fenrir quella volta al campo. Portai una mano sulla mia pancia e mi morsi il labbro. Forse ero davvero una profetessa. Forse, invece, ero soltanto maledetta e destinata a bruciare all'inferno. Questa malattia era il risultato del calore dell'inferno che mi stava richiamando a sé, oppure mi costringeva a scegliere di smettere di vivere questa vita di peccato che stavo conducendo.

Un guerriero semi nudo ci passò di fronte, e Meadow sussultò. Nel suo piccolo angolo di coperta, Fern si chiuse a riccio, portando la testa tra le cosce, guardando solo di tanto in tanto.

Rosalind era seduta su una delle rocce poco lontana da noi. Era rigida e seria, i suoi capelli dorati a svolazzare nel vento come fossero una bandiera. La metà dei guerrieri nella radura la guardava senza ritegno, cercando di attirare la sua attenzione, ma lei li guardava a malapena. Aveva gli occhi fissi nel nulla, orgogliosa come una principessa, e si rifiutava di guardare i suoi rapitori.

«Guarda,» mi fece cenno Meadow, «sono arrivati gli Alpha.»

E gli Alpha erano in effetti arrivati, intenti a prendere il loro posto sulle rocce che sembravano essere state sculpite appositamente per sembrare dei troni, vicino al fuoco. Le loro donne erano vicine, Brenna dei Berserker, i capelli lunghi e scuri e una bellissima mantella di pelliccia bianca addosso, così lunga da scivolare lungo il terreno, e Sabine del branco dei Lowland, alta e in mezzo a due grandi guerrieri, uno dei due così pieno di tatuaggi da essere persino rivale di Jarl. Muriel, poi, arrivò con i suoi guerrieri, uno di loro grosso e con il viso sfregiato. Poi una seconda donna, alta e magra, dai capelli chiari, fece il suo ingresso con in mano un bastone più alto del suo corpo intero. Quando passò accanto a noi con al seguito ben tre guerrieri, notai sopra quel bastone tantissime rune, e sulla punta una piuma di aquila.

Gli Alpha presero posto, e così la festa ebbe inizio. Mentre i guerrieri facevano letteralmente a pezzi la selvaggina come animali, mi ritrovai a cercarne due in particolare. Ma Jarl e Fenrir non erano nella radura.

Quando sorse la luna, avevamo già mangiato abbastanza da essere sazie per sempre ed eravamo ora tutte sdraiate, metà sulla coperta e metà sull'erba. Le ragazze più giovani si erano già addormentate. Io avevo tolto il mantello per piegarlo e fare da cuscino per Aspen, Ivy e Clover.

Vicino al fuoco, gli Alpha mangiavano e bevevano ancora. Alcuni Berserker avevano portato enormi botti piene di idromele. Quando aprirono la prima, il liquido mieloso si riversò per terra e i Berserker urlarono felici.

Fu allora che lo vidi. Lì, in mezzo ai suoi compagni guerrieri, Fenrir era vicino alle botti a sorseggiare un po' del liquido da una tazza. Un minuto dopo, Jarl si fermò al suo fianco.

Sapevo che non avrei dovuto restare lì a fissarli, ma non riuscivo a farne a meno. Non riuscivo a staccare loro gli occhi di dosso. Li vidi chinarsi l'uno verso l'altro, poi la testa di Fenrir si alzò di scatto come se avesse fiutato qualcosa.

Prima ancora di rendermi conto di ciò che stava succedendo e distogliere lo sguardo, i suoi occhi si fissarono ai miei.

Mi feci rigida sul posto. Anche Jarl alzò a quel punto lo sguardo, e alzò la tazza in alto con un sorrisetto soddisfatto, come stesse brindando a me.

Distolsi immediatamente lo sguardo. Non sapevo neanche perché li avessi cercati con gli occhi. Loro non significavano nulla per me. Non avrei dovuto dimenticarlo.

La notte era finalmente arrivata. Il falò si era fatto gigante, alimentato da alberi interi. Un singolo Berserker aveva abbattuto un albero in un attimo, e lo aveva trasportato alla radura da solo. Sembrava come una specie di gara tra di loro, poi, quando presero a bere idromele a dismisura, come a vedere chi riuscisse a consumarne di più.

Sospirai, stringendo le ginocchia al petto. Presto, la nostra guardia sarebbe venuta a prenderci per riportarci dentro la nostra prigione. Ma, per il momento, avrei fatto meglio a portare pazienza e restare a guardare i Berserker fare baldoria. Forse non era un male; era una variazione gradita, dopo tutta la normalità noiosa della capanna.

Fu all'improvviso che la radura si riempì del suono di tamburi. Prima fu un sottile pulsare che risaliva dalla collina. Non riuscivo a capire da dove provenisse con esattezza. Poi, la pulsazione si fece più profonda, come venisse dal terreno stesso. Come fosse il battito del cuore della Terra.

Un gruppo di persone coperte di mantelli spuntò all'improvviso dalla collina, dirette verso il nostro gruppo. Spinsero indietro i cappucci per rivelarsi donne, per la maggior parte. Io non ne riconobbi nessuna. Alcune di loro erano vecchie e ricurve, altre avevano invece volti lisci e privi di segni dell'età. Una donna alta portava sul braccio alzato e ricurvo un bellissimo gufo bianco.

Non seppi neanche come lo capii, ma erano streghe. Gli Alpha si alzarono all'unisono per salutarle.

Le nuove arrivate si posizionarono in un cerchio tutto loro, a una certa distanza dagli Alpha. I Berserker le inclusero nel loro cerchio, e la luce del fuoco prese a danzare anche su di loro. I tatuaggi dei guerrieri sembrarono prendere vita, i simboli a contorcersi sulla loro pelle.

Un'ondata di qualcosa di strano, una strana energia, attraversò tutti quanti. Sabine si diresse piano verso le streghe, accompagnata dai suoi due compagni. Quando raggiunse il cerchio, lasciò cadere anche lei il mantello. Sul corpo aveva disegni dipinti con l'idromele, il viso e le braccia ricoperte di simboli blu. Non aveva addosso nient'altro che una leggera tunica bianca. I suoi piedi erano nudi.

I tamburi presero a battere più forte. La strega con il gufo ancora appollaiato sul braccio salutò Sabine, e alzò la voce verso il gruppo. Io non fui in grado di sentire nulla oltre il trambusto dei tamburi; o, forse, erano le mie stesse orecchie a non voler sentire niente.

Mi leccai le labbra. Dietro di me, le ragazze più giovani si erano già addormentate, cullate dai ritmi del suono pagano. Rosalind era in piedi, il suo viso una maschera pallida immersa nella luce della luna. Accanto a me, Fern era ancora più chiusa a riccio di prima, e si dondolava leggermente.

Lontano, nel cerchio delle streghe, Sabine prese a ballare. Il suo corpo si contorceva e girava, i suoi piedi nudi colpivano la terra, il suo corpo si muoveva fluido come i rami di un salice, a tempo con il ritmo dei tamburi. A volte, le sue braccia e il suo viso si innalzavano al cielo e allora i tamburi cessavano il loro suono, solo per poi riprendere più velocemente.

Più aumentava il ritmo, più la raduna sembrava vibrare. Come fossero una cosa sola, i Berserker d'un tratto si alzarono all'unisono e alzarono le loro armi verso il Cielo. Le streghe fecero uno strano suono, e i Berserker risposero a loro volta prima di prendere a battere le loro armi contro i loro scudi, aggiungendosi al ritmo dei tamburi.

Un guerriero entrò nel cerchio con Sabine. Ragnvald, uno degli Alpha e suo compagno. Si spostò al suo fianco, la raggiunse, l'afferrò per i fianchi e poi strinse i suoi capelli in un pugno. Lei si fermò, alzandosi in piedi come per affrontarlo, le mani lungo i fianchi e i palmi rivolti verso l'esterno.

Ragnvald tenne Sabine ferma, il suo viso piano piano più vicino a quello di lei, e odorò il suo corpo. Anche da lontano riuscii a vedere i suoi occhi chiudersi, il corpo di Sabine fremere nella sua stretta.

Lentamente, Ragnvald abbassò il capo e reclamò le labbra della sua compagna. Tutti i guerrieri eruppero in un grido di guerra, esaltato, e agitarono le armi.

Sobbalzai per il clamore improvviso, guardandomi intorno, ma solo io ebbi paura: Hazel era seduta accanto al suo gigantesco guerriero dai capelli d'oro ad osservare il rituale. A pochi metri di distanza, Willow era seduta tra i suoi guerrieri, uno moro e l'altro rosso. Mentre guardavo, li vidi prendere il suo viso e baciarla.

Una vampata di calore m'investì di colpo. Passarono diversi secondi, ma il bacio non si fermò mai. Più in là, Laurel giaceva tra i suoi compagni, e le loro grandi mani accarezzavano il suo corpo, la sua pancia curva e i suoi seni sodi.

Scattai in piedi, un'ondata di calore a riscuotermi da capo a piedi. Hazel era ora sul grembo del suo uomo, il suo piccolo vestito a sembrare ridicolo di fronte il suo corpo così grosso. Il suo guerriero giocava con il collare che portava al collo, tirandolo per avvicinarla sempre di più a lui mentre si sdraiava, così che lei fosse a cavalcioni su di lui.

Mi voltai di scatto verso il bosco, il viso in fiamme. All'improvviso, tutto intorno a me faceva troppo caldo. Le unghie presero a graffiarmi il petto come se potessero staccarmi la pelle via dal corpo. Il battito del mio cuore era ora ancora più forte dei tamburi.

«Juliet?» chiamò Fern, la voce preoccupata, ma io scossi la testa, incapace di parlare.

I tamburi mi stavano facendo perdere la testa. Non ero neanche vicina al falò, eppure la mia pelle sembrava bruciare come fossi al centro esatto del fuoco. Il sudore mi bagnava le palpebre, e la vista mi si annebbiò di colpo.

Dovevo scappare. Doveva esserci un posto, lontano da tutto, un luogo dove avrei potuto nascondermi.

Mi voltai e corsi verso il bosco. Il terreno sembrava scivolare sotto i miei piedi, tanto veloce raggiunsi la linea degli alberi.

Indossavo degli stivali nuovi, stivali che avevo trovato qualche giorno prima vicino alla capanna. Li avevo accettati di buon grado, allora, eppure anche loro in quel momento sembravano portarmi troppo calore.

Fu per questo che inciampai.

«Juliet!» Fenrir mi prese per i fianchi un attimo prima che rovinassi per terra. Ora ero tra le sue braccia, circondata dal suo profumo, i suoi capelli lunghi ad oscurare tutto il resto. Li spinsi via affinché potessimo guardarci negli occhi, e... e poi la sua bocca fu sulla mia. La sua barba scura e ispida mi graffiò il viso. Le sue mani strinsero le mie guance, girando il mio viso da un lato all'altro, guidandomi, mentre la sua lingua si prendeva tutto quanto. Le mie braccia si strinsero attorno alle sue spalle larghe, afferrando i suoi capelli setosi per non perdere la testa, come se questi potessero tenermi ancorata al mondo reale. I nostri corpi sembravano fondersi insieme. I miei seni doloranti sfioravano con forza il suo petto nudo e liscio.

La sua bocca si staccò dalla mia di colpo, ed entrambi eravamo senza fiato. Fenrir mi spinse con forza contro un albero, ed io gemetti.

Poi Jarl prese il suo posto. Spinse Fenrir di lato, mi afferrò i capelli e, strattonando all'indietro, prese la mia bocca con così tanta forza da farmi gemere con violenza. Il suo bacio fu brutale. La sua bocca poi percorse il mio collo, i suoi denti morsero le mie clavicole. Mi allontanò dall'albero, e Fenrir si avvicinò nuovamente. Usando i miei capelli come fossero un guinzaglio, Jarl tirò indietro la mia testa per offrire nuovamente le mie labbra a Fenrir, che le prese in un bacio lieve, prima che Jarl mi riportasse verso le sue labbra per saccheggiarle ancora una volta.

Avanti e indietro continuammo questa danza, mentre la luna sorgeva alta nel cielo e il battito dei tamburi, o del mio cuore, batteva in mezzo alle mie gambe. In poco tempo i due guerrieri mi avrebbero trascinato dentro la foresta, sul terreno, e avremmo festeggiato sotto la luna, insieme. Sarebbe stato semplicissimo.

Ma quel pensiero mi portò improvvisamente alla realtà, con forza e dolore. Mi liberai da loro con uno scatto. Jarl ringhiò, pronto a riprendermi, ma Fenrir lo tenne fermo e gli impedì di avvicinarsi. Inciampai di qualche passo, ed entrambi i guerrieri lasciarono che mi allontanassi.

«No», sussurrai, troppo piano perché la mia voce potesse essere sentita. «Io non posso.»

«Juliet» mi richiamò Fenrir, piano, ed io alzai gli occhi verso di loro con orgoglio.

«Ho dato la mia vita a Dio.»

«Lo sappiamo, Juliet.»

«Allora sapete che ho preso voto di castità.»

«No, tu non sei casta.» Jarl si avvicinò, ed io feci un passo indietro, fermandomi di colpo quando sentii la corteccia di un albero graffiarmi la schiena.

L'angolo delle sue labbra si arricciò verso l'alto, e la sua mano ruvida mi coprì un seno. «Tu ci desideri. Ci desidererai sempre, proprio come facciamo noi.» Poi si avvicinò di nuovo, e portò le labbra sul mio collo.

Persino con i gemiti a fior di labbra e il respiro corto, provai a negare. «Voi non conoscete nulla di me.»

«Dacci tempo, piccolina. Poco per volta, conosceremo ogni tuo singolo segreto» mi sussurrò Jarl all'orecchio, e le sue labbra erano così vicine alla mia pelle che riuscii a percepire il suo sorriso.

Allontanai le sue mani. Jarl fece un passo indietro, ridacchiando, senza provare a toccarmi di nuovo.

Fu Fenrir a provare ad avvicinarsi, allora, le mani in alto come a calmarmi. «Juliet» disse, piano, un'altra volta. La luce della luna bagnava i suoi lineamenti perfetti, facendomi perdere la testa.

Dovetti distogliere lo sguardo per assicurarmi di non lasciarmi andare al desiderio che bruciava dentro di me.

«Guardami, Juliet» disse ancora, e il suo palmo toccò la mia guancia. La sensazione fu così bella che mi ritrovai a rabbrividire.

«Non puoi toccarmi» gli feci notare. «Io ho dato la mia vita a Dio.»

«Quale Dio?» mi chiese Jarl.

Io lo guardai accigliato. «C'è soltanto un vero Dio.»

Jarl fece spallucce. «Noi ne abbiamo molti» mi disse. Poi si appoggiò ad un albero, troppo vicino al mio corpo. «Forse è per questo che le vostre preghiere non funzionano mai. Ci hai mai pensato? Quando io ho la sensazione che uno dei miei Dei non mi stia ascoltando, allora provo a parlare con un altro.»

«Questa è blasfemia...» sussurrai.

Ma cosa stavo facendo? A cosa avevo pensato, quando avevo creduto che avrei potuto affrontare questi uomini da sola? Passai oltre Fenrir e, mentre correvo, urlai oltre le mie spalle: «Non avvicinatevi mai più a me!»

Quando tornai di nuovo al mio gruppo, stavo tremando. Fern mi guardò con preoccupazione. Presi tra le braccia una Clover ancora addormentata per stringerla a me, e fissai gli occhi sul fuoco. Non prestai attenzione a quando Jarl e Fenrir tornarono nella radura, perché non significavano nulla per me. Non avrei mai più parlato con loro. Sarei rimasta dentro la capanna per sempre, e avrei pregato affinché il calore andasse via.

Certamente, Dio avrebbe alla fine risposto alle mie preghiere. Avrebbe capito che la mia vita era solo sua, che quello era il mio volere, e avrebbe cacciato via il desiderio dalle mie membra. Con il tempo, la febbre sarebbe andata via.

MA LA FEBBRE non se ne andò mai.

Più passavano le stagioni, più l'autunno cedeva il posto all'inverno, io cominciai a temere l'arrivo costante della luna piena. Il mio calore non andò mai via. Al contrario, non fece altro che peggiorare.

Alla fine, arrivò la notte in cui, incapace di stare ferma, mi lasciai andare, tremante, contro una pozzanghera di fango ormai ghiacciata dal freddo.

I Berserker avevano ascoltato le mie parole; erano rimasti lontani, senza più toccarmi, ma erano stati sempre lì. In attesa, a guardarmi, e con pazienza avevano aspettato che cambiassi idea.

Ma adesso la loro pazienza era sparita.

«Questa storia finisce adesso» aveva detto Fenrir, e il mio cuore aveva preso a battere impazzito.

Jarl e Fenrir non mi avrebbero più permesso di resistere alla febbre. Mi avrebbero reclamata, e io avrei smesso di soffrire. Avrei soltanto perso il mio orgoglio e i miei voti.

I due guerrieri si strinsero intorno a me, cancellando ogni mia via di fuga, imprigionandomi tra di loro. Non potevo più scappare.

Jarl avvicinò il viso al mio. «Questa notte ti prendiamo, Juliet.»

E, in fondo al cuore, io non provai altro che sollievo.

JARL

*L*a piccola suora si chiuse in se stessa. Non provò a lottare, cercò soltanto di allontanare il braccio, ma inutilmente. Dovetti utilizzare soltanto una frazione della mia forza per assicurarmi di tenerla al mio fianco. Juliet si arrese, e sbatté le palpebre. La pelle pallida del suo corpo risplendeva sotto la luce della luna, e il battito del suo cuore era visibile sulla sua gola.

Abbassai la testa per poter sussurrare sopra la pelle del suo orecchio. «Stai soffrendo. Soffri da tanto tempo, così tanto che non sai più neanche com'è la tua vita, senza la sofferenza. Ma noi possiamo scacciarla via. Continui a sfuggire da noi, ma non lo farai più; adesso smetterai di soffrire, e saremo noi ad assicurarcene. Non resteremo più a guardarti soffrire senza far nulla.»

«Non potete» sussurrò lei senza forze.

«Siamo Berserker» la provocai allora. «Facciamo quel che vogliamo.»

Vidi i suoi occhi lampeggiare, e tornai dritto con un sorrisetto soddisfatto. La Juliet che conoscevamo non si sarebbe mai lasciata andare al nostro volere senza combattere. Avrebbe reagito. Anche se spaventata, avrebbe combattuto.

Jarl, sentii Fenrir parlare dentro la mia testa, attraverso il legame che come compagni condividevamo, *le guardie cambieranno turno presto. Dobbiamo sbrigarci.*

«Vieni, piccola madre.» Presi Juliet in braccio, allontanandomi dalla loggia, con Fenrir al seguito.

Il respiro di Juliet si fece via via più affannoso. Le passai una mano sulla schiena per calmarla, e presi velocità. Corremmo all'interno della foresta, più veloci del vento. Strinsi Juliet a me per tutto il tempo, per ripararla dai rami degli alberi, e lei nascose il viso sulla mia spalla. Povera piccola moglie.

«E le altre ragazze?» mormorò.

«Staranno bene, saranno al sicuro» le promise Fenrir. «Le profetesse veglieranno su di loro.»

«Ma—»

«No, sh» mormorai io. «Pensi sempre agli altri, tu, ma mai a te stessa.»

Juliet provò a liberarsi da me, ma quando capì che non l'avrei lasciata andare, strinse con forza le labbra insieme e mi guardò male. Se gli sguardi potessero uccidere, il suo mi avrebbe sicuramente incenerito sul colpo.

Nonostante tutto, io le scoccai un sorriso. «Non importa ciò che fai, piccola madre. Ci prenderemo cura di te.»

Quando uscimmo finalmente dal folto degli alberi, tornai a parlare con Fenrir mentalmente. *Ha freddo.*

Fenrir fece spallucce con quella pelliccia che portava sulle spalle. Gli lasciava il petto scoperto, ma era un Berserker. La magia che scorreva dentro le nostre vene ci permetteva di ignorare il freddo pungente dell'inverno.

Quando Fenrir si avvicinò per poggiare quella stessa pelliccia sulle spalle di Juliet, lei sembrò svegliarsi.

«No», disse lei, tremante e impaurita. «Morirai di freddo.»

«Sh, piccola madre» dissi io, portando una mano dietro la sua nuca per cercare di rimetterla accucciata sul mio petto come prima.

«Non morirò di niente» le assicurò Fenrir. «Sono un Berserker.»

Vidi la sua fronte aggrottarsi, ma smise di opporsi. La stringemmo più forte intorno alla pelliccia. Ne aveva bisogno adesso, e ne avrebbe avuto bisogno a breve, una volta arrivati alla parte nord della montagna. Sotto i miei piedi, pezzi di ghiaccio e rametti facevano rumore al mio passaggio. Fenrir, invece, si muoveva silenzioso accanto a me. Anche io avrei potuto fare lo stesso, ma la verità è che avevamo deciso di lasciare una scia per poter essere trovati.

Di fronte a noi si presentò ad un certo punto un fiume, ed entrammo all'interno. Dovetti trattenere il fiato al freddo gelido dell'acqua contro il corpo. Un uomo normale sarebbe morto sul colpo, a questa temperatura, ma la magia dentro di noi guariva ogni piccolo morso di gelido freddo prima ancora che potesse presentarsi. Sì, volevamo lasciare una traccia, ma allo stesso tempo non volevamo essere trovati troppo in fretta. Fenrir ed io avevamo concordato che far cadere il nostro odore sull'acqua avrebbe rallentato gli Alpha almeno un po', ed era tutto ciò che ci serviva.

Dopo aver camminato dentro l'acqua per almeno un miglio, arrivammo alla fine alla sporgenza in cui avevamo costruito la nostra capanna. La luce della luna illuminava il suo tetto silenziosamente, come una benedizione. Eravamo dall'altra parte della montagna, adesso. La maggior parte dei Berserker non avrebbero mai deciso di portare la propria compagna così lontana dalla sicurezza del branco, ma noi non avevamo avuto altra scelta se non quella di trovare un posto lontano. Volevamo reclamarla, ma sapevamo che non ci sarebbe stato alcun modo di farlo se non portandola via.

Juliet era silenziosa, il suo respiro tranquillo. Per un attimo, fui convinto che si fosse addormentata. Forse sarebbe stato più semplice del previsto.

Poi, però, alzò la testa.

Ancora tremante, la sua piccola figura intorpidita dal freddo, si guardò intorno.

«Dove mi state portando?» chiese.

«A casa nostra» risposi io, incapace di tenere a bada l'orgoglio nella mia voce. Avevamo costruito questo posto per la nostra compagna, e ora finalmente la stavamo riportando a casa.

Juliet trattenne il fiato, e poi lo buttò fuori in uno sbuffo ghiacciato. «È un errore. State facendo un errore. Non avreste dovuto portarmi con voi.»

C'erano alcune grosse rocce di fronte a noi. Presi velocità e le superai velocemente, saltando dall'una all'altra, arrampicandomi verso la capanna.

«Perché non hai urlato aiuto, allora?»

«Perché non volevo disturbare le ragazze. Ne hanno già passate abbastanza.»

«Sono al sicuro, Juliet.»

Juliet sbuffò. «Al sicuro.»

«Lo sono» le assicurai.

«Sono mia responsabilità» rispose semplicemente lei. «Non mi fido dei Berserker.»

«Perché no? Le teniamo al sicuro. Sono profetesse.»

«Perché, però? Perché così le avrete pronte per quando saranno abbastanza grandi da essere prese in sposa, non è forse così?» chiese con fermezza. Adoravo il fatto che, nonostante fosse stretta tra le mie braccia, lei avesse ancora tutta questa voglia di litigare.

«Sono profetesse» ripetei ancora, stringendola più forte. «Vuoi che soffrano la febbre come te?»

«No», sputò lei, mordendosi il labbro subito dopo, uno sguardo tormentato. Tremava di freddo.

Fenrir si avvicinò a me. Si allungò per sistemare meglio la pelliccia sulle spalle di Juliet, prima di prenderle la mano. «Non preoccuparti di loro, Juliet. Hanno il loro futuro. Tu hai il tuo.»

«E il mio futuro è dentro quella vostra capanna?» chiese lei, guardando Fenrir con occhi di fuoco, eppure la sua mano era ancora su quella di Fenrir, e lei non stava facendo niente per liberarsi dalla sua presa.

La sistemai meglio sul mio corpo, e con il movimento le loro mani si staccarono. Forse lo avevo fatto di proposito, forse no. Non lo avremmo mai saputo.

Il sentiero faceva una curva e poi affacciava su un'altra distesa di rocce. Invece di seguirlo, però, decidi di saltare in aria, tenendo Juliet ben salda tra le mie braccia. La sentii sussultare, stringersi a me.

«Guarda giù, lì, oltre il bordo» ordinai. Lei fece come le dissi, gli occhi stretti in una linea per cercare di guardare oltre il buio. Mi avvicinai di più al bordo della montagna, alla sua fine.

Jarl, mi avvertì Fenrir, parlando dentro la mia testa.

La tengo. La proteggo io. Ma deve vedere.

Per un attimo, Juliet non fece altro che restare con gli occhi stretti di fronte al buio. Poi, però, sentii il suo corpo farsi rigido, e capii che aveva visto—la linea magica che proteggeva la nostra montagna alla fine del burrone. La linea magica oltre la quale c'era il pericolo. Da un lato, la neve dell'inverno s'infrangeva sulle rocce e sul sentiero, e un leggero vento scompigliava le foglie degli alberi. Dall'altro, invece, il terreno non era altro che fango e muffa, e piedi striscianti che cercavano di avvicinarsi. I Draugr mostruosi e tremendi continuavano a marciare verso e lungo la linea di confine, fermandosi a volte per cercare di premere i loro corpi contro essa ed entrare. Il vento da questa parte della montagna, quella sicura, scacciava via le loro urla.

«Guarda con i tuoi occhi da cosa vi proteggiamo» le dissi in un sussurro. Non volevo farla spaventare, ma era arrivato il momento di mostrarle contro cosa stavamo giocando. Doveva saperlo.

La vidi deglutire. «Che cosa sono?»

«Creature che appartengono al Re dei Morti. È un vecchio stregone, potente e incredibilmente malvagio. Cerca profetesse, proprio come noi. Ma invece di volerle riverire per sempre, lui vuole succhiare i loro poteri via dal loro corpo, sposandole per poter ritrovare la sua magia.»

Juliet scosse la testa, ma gli occhi restarono fissi sulle brutte creature.

«È da questo che ti abbiamo salvato, Juliet. Da questo che abbiamo salvato tutte voi. È per questo che vi abbiamo portate via dall'abbazia e dal frate.»

«Jarl» mi avvertì nuovamente Fenrir. *La stai spaventando.*

Era già spaventata e arrabbiata. Ci crede dei mostri? Allora mostriamole quali sono i mostri reali.

Juliet prese a tremare più forte, e quello fu il mio segnale di smetterla. Tornai indietro e continuai a seguire il sentiero giusto, dirigendomi verso la capanna.

«Andiamo, adesso. Siamo rimasti troppo a lungo fuori.»

Juliet

All'interno della capanna, l'odore di segatura mi punzecchiò il naso. Starnutii nel momento stesso in cui Jarl mi poggiò nuovamente a terra, e quando provò ad avvicinarsi a me, io mi allontanai mentre starnutivo di nuovo. Non avevo bisogno del suo aiuto.

«Juliet» mormorò lui, ma io continuai ad allontanarmi. Non stavo più congelando: la veste di pelliccia di Fenrir mi aveva riscaldata davvero e, anche se dentro questa casa non faceva meno freddo, almeno eravamo riparati dal vento.

Feci un piccolo giro su me stessa, guardandomi intorno, esaminando il luogo in cui mi avevano portata. Questa non era diversa dalla capanna in cui vivevano le profetesse prive di compagni.

Questa era la seconda volta che mi prendevano con la forza da casa mia. Prima dall'abbazia, e poi dalla stessa capanna in cui ero stata portata con la promessa che sarei stata al sicuro. Ancora una volta, mi avevano strappata a tutto ciò che avevo imparato a conoscere.

Tutto ciò che mi restava erano i miei voti, e anche quelli erano pronti a bruciare via.

Mi addentrai di più dentro la capanna, consapevole di avere due grandi figure intente a fissare ogni mia piccola mossa. Jarl e Fenrir. I guerrieri che anche quella volta mi avevano portata via dalla mia casa, l'abbazia. Che mi avevano protetta e cullata. Continuai ad ignorarli, esaminando il posto in cui mi avevano portata.

C'era un camino vicino la porta d'ingresso. Pile di legna e alcuni barili costeggiavano i muri. Sul retro, una lunga stecca di legno serviva per far essiccare la carne.

Nel bel mezzo della capanna c'era un enorme letto. Dovevano aver tranciato alberi interi per riuscire a realizzarlo. Era pieno zeppo di pellicce.

Allungai la mano e feci scivolare le dita sul legno levigato, poi spinsi la mano contro le pellicce morbide.

«Mi prenderete stanotte?» chiesi, la voce un sussurro inquietantemente distaccato. Non avrebbero avuto neanche bisogno di lottare se avessero deciso di liberarmi dei miei vestiti e portarmi sul letto, e prendermi come avevano sempre voluto fare.

E la cosa peggiore era che, dentro di me, in fondo, volevo che lo facessero.

Kyrie eleison. Christos eleison. Dio abbi pietà di me. Abbi pietà.

Mi avevano portata qui perché io venissi meno ai miei voti. Se non fosse stato questa notte, lo avrebbero fatto presto.

Mi girai a guardarli. Torreggiavano su di me.

I guerrieri si scambiarono uno sguardo. Sapevo che potessero comunicare mentalmente, un'altra forma di stregoneria a cui volevo rinunciare, ma ero troppo stanca per pensarci.

«No», rispose Jarl. «Non questa notte. Presto.»

«Lui parla sempre per te?» provocai Fenrir con voce affilata, sapendo bene di essere pazza a cercare di litigare con dei Berserker, ma se fossi riuscita a farlo venire dalla mia parte e rinnegare Jarl, forse avrei avuto la meglio.

«No», rispose Fenrir, e uscì dalla capanna.

«Dove sta andando?» chiesi io, guardandolo con una strana sensazione all'altezza del petto, mentre con le mani cercavo di riscaldare le mie braccia da sotto il mantello di pelliccia di Fenrir.

«Va a raccogliere altra legna per il fuoco.» Jarl si avvicinò a me e prese a strofinare le mie braccia da sopra la pelliccia, fino a quando finalmente non cominciai a sentire arrivare il calore. «Perché hai dovuto parlargli così? Volevi litigare?»

Arrossii, chiedendomi se fossi davvero così tanto trasparente.

«Sono certa che anche tu a volte litighi con lui.»

Jarl scrollò le spalle. «Molto spesso. Ma sono secoli che siamo fratelli.»

Mi allontanai da lui. «Che tipo di magia è quella che vi lega? È malvagia?»

«Ci hai visti combattere.» Jarl si sedette in mezzo alla capanna, e prese a cercare di accendere il fuoco dentro il camino. I suoi muscoli si flettevano ad ogni mossa, i suoi occhi completamente dorati. «Ci hai visti tranquilli. Che cosa ne pensi?»

«La Badessa la chiamerebbe magia pagana.»

«E tutta la magia pagana è malvagia?» Per quando mi pose questa domanda, aveva alla fine acceso un piccolo fuocherello, e aveva le mani a coppa di fronte ad esso per riparlarlo dalle folate di vento portate dalla porta aperta. Le sue mani e i suoi occhi brillavano come quelli di un demone.

«Sì», risposi, ma il tono era incerto.

Fu allora che si girò a guardarmi. «Sempre?»

Alzai il mento, decisa a non farmi piegare. «È questo che mi è stato insegnato.»

Jarl si alzò lentamente, rivelando tutta la sua altezza piano piano, fino a torreggiare su di me. «E tutto ciò che ti è stato insegnato… lo considereresti tutto vero?»

Quella strana, brutta domanda restò nell'aria per molto tempo, senza risposta. Jarl andò via subito dopo averla posta, lasciandomi sola dentro la capanna.

Il fuoco scoppiettava vicino. Presto, Jarl e Fenrir sarebbero tornati con la legna al seguito per poterlo rendere più forte e grande, ma in questo momento… ero sola. Avrei potuto provare a scappare. Avrebbe potuto essere la mia unica possibilità.

Corsi verso il retro della capanna. Era costruita bene, solidamente, i mattoni e la legna così forti e nuovi. Era chiara, legatura colorata brillante, con alcune perle di linfa essiccate a metà sulla superficie chiara. Doveva esserci una via d'uscita. Lì, nell'angolo. Un'entrata stretta che avrebbero potuto coprire con un arazzo. Una seconda uscita verso il retro della capanna.

Mi affrettai a raggiungerla, ma prima che potessi fare alcunché, un'ombra si mosse nell'oscurità. Mi ritrassi, portando una mano sul cuore. Era forse un animale selvatico che si muoveva fuori dal rifugio?

Ma no, la forma scura si piegò e passò oltre la porta. Quando alzò il busto, riconobbi Fenrir. Mi aveva scoperta.

In silenzio, Fenrir mi riportò verso il centro del fuoco. Sotto l'altro suo braccio teneva un fascio di legname.

Fissai il centro del suo petto nudo. La sua pelle era più scura sia della mia che di quella di Jarl, e non solo a causa del Sole. Anche lui era liscio, i suoi muscoli lucidi senza il tappeto di peli che avevo visto alla maggior parte degli altri uomini. Deglutii con forza.

Il suo dito si avvicinò alla mia mascella. Dolce, molto delicato, eppure nella sua delicatezza in grado di accendere un fuoco intorno ai miei nervi.

«Non andartene» mi disse con la sua voce profonda, piano. «Non è sicuro lì fuori, per te, piccola madre.»

Mi accigliai, ma mantenni lo sguardo sul suo petto.

«Perché mi chiamate così?»

«Piccola madre? Perché sei piccola.»

«Non è l'aggettivo a confondermi. È 'madre'. Non sono una madre.»

«Ne sei sicura?»

«Certo che lo sono. Sono casta. Non ho mai dato alla luce alcun figlio.»

«Eppure, quelle giovani donne nella capanna delle profetesse prive di compagni direbbero il contrario. Fai loro da madre dal primissimo momento.»

Fenrir mi passò oltre, inginocchiandosi per alimentare il fuoco.

Mi allontanai ancora una volta verso il retro della

capanna. Avevo perso l'occasione di fuggire, per quella volta; forse, se fossi stata fortunata, ne avrei avuta un'altra.

La porta d'ingresso si aprì di colpo, e Jarl entrò sbattendo i piedi. «Fa sempre più freddo, lì fuori. Troppo freddo per questa stagione. Sta arrivando un'altra bufera di neve... il Re dei Morti sta continuando a giocare con il tempo.»

Cercai con tutte le mie forze di non rabbrividire. Non dovetti riuscirci molto bene, perché Jarl si girò a guardarmi.

«Avvicinati al fuoco, Juliet.»

Scossi la testa, avvolgendo le braccia più forte intorno al mio corpo.

«Non costringermi a venire lì a prenderti» mi avvertì Jarl. Fenrir abbassò il capo verso il petto, ma neanche quello riuscì a nascondere il suo sorriso.

Mi spostai da un piede all'altro. Jarl lasciò cadere i tronchi che aveva tra le braccia e si diresse verso di me, mentre io cercai il più velocemente di scappare, avvicinandomi alla fine al fuoco e odiandomi per aver ceduto alla sua volontà.

Ringhiai a Jarl, come fossi un lupo.

«È così che andrà, adesso? Continuerai ad imporre sempre la tua volontà su di me?»

Lui serrò la mascella, e per un attimo mi sembrò lievemente ferito dalle mie parole. «Ti ho promessa che non ti avrei fatto soffrire.»

«È la tua presenza a farmi soffrire» ringhiai io.

«Basta che non sia il freddo» sorrise lui lieve, tornando ad occuparsi del fuoco. Ben presto, le fiamme furono anche più alte della mia testa.

Rimasi ferma il più lontano possibile dai due uomini, vicino al fuoco, per quanto potessi, stringendomi le braccia intorno al corpo per cercare di scacciare via gli spifferi di vento che salivano sui miei vestiti. Per quanto fosse ben forte, la capanna aveva comunque delle crepe che lasciavano entrare il freddo da fuori. Niente che un bel fuoco non potesse scacciare via, però.

Una parte di me avrebbe voluto trovare la forza di restare lontana, ma la luce e il calore alla fine ebbero la meglio. Per quanto lo odiassi, Jarl aveva ragione: le mie gambe erano intorpidite, i miei muscoli doloranti... non potevo restare al freddo per sempre.

Mi sedetti infine su una roccia coperta da una pelliccia vicino al fuoco. Era strana l'idea di sedersi e restare lì a riposare quando, di certo, doveva poter esserci qualcosa che avrei potuto fare; ma, alla fine, ero una prigioniera. Non avrei aiutato i miei rapitori. Non avrei fatto nulla che avrebbe potuto far pensare loro che ero contenta della mia prigionia.

Fenrir e Jarl continuarono a lavorare intorno alla capanna, con una precisione e collaborazione che mi fece risultare impossibile l'impresa di non guardarli. Erano enormi eppure stranamente leggeri nei loro movimenti, fluidi e aggraziati come cervi invece che lupi. Jarl parlava sempre più di Fenrir, così tanto che avevo quasi dato per scontato fosse un po' lui a comandare, ma quando lavoravano insieme, in sincronia, erano entrambi estremamente possenti. Uguali, nonostante le loro diversità. Fenrir era leggermente più alto, i capelli lunghi e scuri che scendevano lungo la schiena. Se fosse stato una donna, e una di quelle giovani che mi venivano sempre affidate, probabilmente avrei trovato piacevole l'idea di passare del tempo ad intrecciare quei suoi capelli tra loro. Era bello, Fenrir, con un viso stretto, e lunghe ciglia scure.

Jarl era più tozzo e largo di spalle, meno basso di Fenrir, ma comunque più alto di me. Il suo viso era largo, e sarebbe stato ai miei occhi bellissimo, se non fosse stato per quel sorrisetto antipatico e soddisfatto che mi rivolgeva costantemente, e che mi faceva andare fuori di testa.

Tra tutti i Berserker, loro due erano sempre stati quelli

che avevo notato più degli altri. La cosa che davvero mi lasciava perplessa, però, era che anche loro avevano deciso di notare me tra tutte le altre.

«Juliet.» Jarl si era avvicinato al fuoco, ed era in piedi lì vicino. I miei occhi scattarono sui suoi, e immediatamente arrossii. Mi aveva scoperta a guardarli. Beh, con questi presupposti, come avrei potuto aspettarmi altro, da lui, che quei suoi sorrisetti soddisfatti?

Forse era per questo che mi sorrideva sempre in quel modo. Perché, per tutto quel tempo, ero stata convinta di essere riuscita a nascondere bene le mie occhiate, e invece non lo avevo fatto per niente.

Strinsi le braccia intorno alle mie gambe.

«Che cosa è questo posto?»

«La casa che abbiamo costruito per te.»

«M...me? Perché?»

«Perché sei la nostra compagna.»

«Io non sono la compagna di nessuno.»

Sentii il sopra delle mie sopracciglia pizzicare, e velocemente scacciai via il sudore che si era formato lì con la mano.

La camminata al freddo mi aveva fatta sentire debole, ma adesso il fuoco mi stava riscaldando così tanto da farmi sudare. O forse era ancora una volta la febbre.

«Non puoi mangiare, non puoi dormire. Ti abbiamo guardata soffrire tutte queste lune—»

«E... cosa? Avete pensato che avreste potuto avere il diritto di rapirmi da ancora un'altra casa per portarmi sul vostro letto, e tutto sarebbe andato per il meglio?» Gli scoccai un'occhiata di fuoco, e lui sorrise di nuovo.

Più mi arrabbiavo, più Jarl sembrava divertirsi, e più lui si divertiva, più io mi arrabbiavo.

«Ci lascerai prenderci cura di te» disse Fenrir, sedendosi al mio fianco.

«Lo farò, eh?» chiesi, portando il mio sguardo di fuoco ora su di lui, ma più calmo.

«Sì, lo farai» confermò lui a bassa voce, porgendomi una brocca d'acqua. Ero assetata, perciò gli permisi di avvicinarla alle mie labbra, e gli feci un cenno quando ne ebbi abbastanza. Poi, Fenrir aprì un sacchetto e tirò fuori da esso un po' di carne essiccata, porgendomela. Mangiai e restai vicina al fuoco, e quando sentii Fenrir farsi più vicino, non m'irrigidii e non mi tirai indietro. Non mi dava fastidio il fatto che la presenza di Fenrir riusciva a calmarmi. Preferivo di gran lunga lui a Jarl, in ogni caso.

«Non hai altra scelta» mi disse Jarl dal suo posto di fronte al focolare.

Luce e ombre giocavano sul suo viso mentre lui ci guardava.

Mi feci rigida, e Fenrir sospirò. Mi offrì dell'altra carne, ma quella volta la rifiutai. Quando cercai di girarmi, però, lui mi prese di peso e mi portò sul suo grembo, prendendomi alla sprovvista.

«Calmati, piccola madre. Lasciati andare su di me.»

«Non voglio» mormorai, piena d'imbarazzo. Una donna adulta seduta sul grembo di un uomo.

«No? Allora perché il tuo corpo richiama così tanto il mio?»

Sentii il suo braccio muoversi dietro di me e poi avvicinarsi al mio fronte, la sua mano poggiarsi sulla mia gola. Le sue dita circondarono il mio collo, il suo palmo fermo sulle mie clavicole. Provai a muovermi, e lui mi strinse lievemente, tenendomi ferma. Smisi di combattere. Non potevo scappare, e... la verità è che la sensazione non era male.

«Continui a combatterlo, piccolina.» La sua voce profonda mi calmò. «Non dovresti.»

Sotto il suo palmo, il mio cuore continuò a battere più forte. Il suo odore mi riempiva i sensi, mi circondava, selvaggio e potente, abete e legna bruciata. Mi lasciai andare contro il suo corpo, sulle sue gambe.

«Non abbiamo alcuna intenzione di farti del male. Non ne abbiamo mai avuta. Faremmo qualsiasi cosa, per te» mi sussurrò all'orecchio.

«L'unica cosa che voglio è essere lasciata in pace» dissi, a voce abbastanza alta da farmi sentire anche da Jarl.

Fenrir ridacchiò, e il suono fece muovere anche il mio corpo. «Questa è una bugia.»

«No, è la verità» protestai. Le sue dita spinsero il mio capo di lato, e la sua barba prese a farmi il solletico sul collo. Il mio corpo, intrappolato e stretto al suo, si alzò e abbassò ad ogni singola sua parola e tocco.

«Sei stata in calore per tutto questo tempo. Non negarlo.»

Dall'altra parte del focolare, Jarl ci guardava, gli occhi un pozzo scuro e profondo con occasionali fiammate dorate.

I miei occhi si fecero più pesanti, il mio corpo si rilassò sempre di più, cullato dal calore e dal conforto del fuoco, e dal corpo di Fenrir. Era così bello potersi finalmente riposare un po', restare al sicuro tra le braccia forti di un guerriero. Non c'era niente al mondo che avrebbe potuto farmi del male, lì. Niente.

La sua mano andò più giù, le sue dita scivolarono lievi vicino al mio seno. Il cuore fece un balzo dentro il petto, così forte da poter essere sentito per tutta la capanna. Le labbra di Fenrir erano sul lobo del mio orecchio, ed io provai con tutte le mie forze a sentire cosa stesse dicendo, ma dalle sue labbra non uscì neanche una parola. Non fece altro che riempire la mia pelle di piccoli, leggeri morsi.

Il mio corpo rispose anche contro la mia volontà. Non ero che un bocciolo stretto e dolorante. Un pugno che cercava con tutte le sue forze di restare ben chiuso, ma che ad ogni secondo che passava perdeva la sua forza.

La sua lingua toccò d'improvviso un punto molto sensibile dietro il mio orecchio, e una strana sensazione dorata mi riempì da capo a piedi dentro il corpo, rilasciata dal mio centro per spargersi in tutto il mio corpo in fiamme di piacere. Non fece niente per calmare il dolore in mezzo alle mie gambe, ma lo bagnò di dolcezza, della promessa di ciò che sarebbe arrivato dopo. Tutto ciò che avrei dovuto fare era aprire le mie gambe, e lasciare che il piacere mi prendesse.

La lingua di Fenrir tracciò il contorno del mio orecchio, stuzzicandomi. Ogni singola leccata sembrava echeggiare dentro la mia testa con forza roboante, con forte intensità, e quando all'improvviso lui portò la lingua dentro il mio orecchio, lasciai andare un sussulto così forte da risuonare per tutto l'abitacolo.

Dall'altra parte, Jarl si mosse in avanti al mio suono, la sua figura ingobbita, quasi come fosse un mostro. Le ombre del fuoco lo rendevano un demone enorme pronto a prendermi per portarmi con sé verso le fiamme dell'inferno.

Fenrir mi accarezzò il collo con la barba. «Sh, piccolina», e la sua grande mano riprese forza sul mio collo.

Fu solo con le sue parole che mi accorsi che non avevo fatto altro che ripetere questa mia solita litania per tutto il tempo. *Kyrie eleison, Christos eleison.* Il mio petto era così costretto che mi veniva difficile persino respirare. Senza neanche rendermene conto, le mie labbra continuavano a muoversi per mormorare quelle preghiere che ripetevo da tutta la vita.

Fenrir allentò la sua presa su di me. Mi aiutò con delicatezza ad alzarmi dal suo grembo, ma per quanto lento il movimento, il sangue comunque mi andò alla testa. Tentennai, incapace di stare in piedi da sola. Fenrir mi tenne in equilibrio con una mano sul mio braccio.

«Non avere paura» mi mormorò. «Juliet, non avere paura. Non ti faremo del male.»

Mi allontanai di scatto. «Quella non ero io.» Mi strinsi con forza la pelliccia intorno al corpo, come se quella potesse fare da scudo contro i loro occhi fissi su di me. Stavo tremando, ma non di paura, e neanche di rabbia. «Mi trasformate in qualcosa che non sono.»

Fenrir si avvicinò a me un'altra volta, passi misurati e lievi, come fossi un coniglio che aveva perso la testa, pronto a scappare. E forse lo ero, ma qualcosa mi tenne inspiegabilmente bloccata sul posto. Si fermò solo quando era a pochi metri di distanza da me, il suo corpo vicino abbastanza da potermi toccare. Un grosso respiro, e il mio petto avrebbe sfiorato il suo.

Fenrir alzò la mano, lentamente, dandomi tutto il tempo di allontanarmi. Il mio corpo tenne il respiro, in attesa del suo tocco, ma Fenrir non fece altro che scostare una ciocca dei miei capelli dietro il mio orecchio. «Non sei altro che ciò che sei sempre stata, Juliet. Sei tu che te ne stai privando.»

Aprii la bocca, ma non ne uscì niente. Solo quella stessa preghiera che avevo sempre fatto.

Per anni non avevo fatto altro che pregare con forza. Avevo costruito un muro intorno a me e i miei desideri, ad ogni preghiera pronunciata, aggiungevo una pietra. Ma quella notte, neanche le preghiere sarebbero state sufficienti a tenere a bada la cascata di emozioni che mi ribollivano dentro.

Un tocco solo da parte di quei guerrieri, e quella fortezza che avevo costruito intorno a me si era già spaccata. Un bacio, e la cascata aveva cominciato ad uscire senza più barriere. Tutti quei sentimenti che avevo sempre cercato di tenere rinchiusi erano adesso in superficie, pronti a tirarmi con sé fino all'abisso.

Aspettai con il viso rivolto verso l'alto, ma sulle mie labbra non arrivò alcun bacio. Fenrir si limitò a liberare i miei capelli dalle sue dita e ad allontanarsi.

«Vado a fare la guardia per primo» disse a Jarl. Avrebbe potuto farglielo sapere mentalmente, perciò capii che lo aveva detto ad alta voce soltanto per me. Poi, Fenrir andò via, ed io e Jarl restammo soli.

«Ha ragione, sai? Non ha senso combatterlo, questo desiderio. Lo vuoi anche tu.»

Fenrir era in grado di calmarmi, ma le parole di Jarl mi pungolavano sempre, mi spingevano a combatterlo, a litigare. Tirai la pelliccia intorno al mio corpo con più forza, decisa, e gli scoccai uno sguardo sprezzante. «Io da te non voglio proprio nulla.»

«Così dici» disse lui, alzandosi, ma quando feci un passo indietro, lui non aveva ancora neanche provato a farne uno verso di me. Non fece proprio niente. «Ma sarà vero?»

Strinsi la pelliccia tra le dita. «Certo che lo è» risposi, fingendo sicurezza, ma mi sentivo già ansante ancora una volta. La febbre stava salendo di nuovo, non più una lieve onda dorata, ma una profonda cascata rossa. Il mio centro era contratto, mandando onde di dolore attraverso tutto il mio corpo.

Gemetti involontariamente, e Jarl fece un passo verso di me. Immediatamente, io ne feci uno indietro, e lui si arrestò di colpo.

«Juliet.» Allargò le mani, come a mostrarmi che non aveva intenzione di fare nulla. «Non vogliamo farti del male.»

«Per oggi avete fatto abbastanza» dissi, il mio corpo scosso da un altro crampo. Aveva deciso di rivoltarsi contro di me, il mio adesso nemico, e io non potevo fare altro che restare inerte nella sua morsa.

«Piccolina» disse Jarl, la voce incrinata. Tremava anche lui, quasi come fosse incapace di restarmi lontano, come facesse fisicamente male.

«Per favore, vai. Non… non posso. Non ce la faccio. Non

riesco a combatterti» dissi, abbassando il capo. Ero così stanca. Ancora un altro minuto in piedi, e sarei crollata, priva di forze.

«Come desideri» sussurrò lui. «Il letto è lì. È tutto tuo, puoi usarlo.»

Mi ci volle tutta la forza del mondo per riuscire ad avvicinarmi a quel letto. Era stato costruito per poter accomodare un Berserker, se non due. Dovetti saltare e stringere diverse coperte da poter arrotolare intorno al mio corpo per poter dire di essere finalmente a letto, e una volta su, mi lasciai andare al soffice tocco delle pellicce. Era molto grande. Se ci fossero stati altri due guerrieri insieme a me, su quel letto, sarebbe stato caldo e confortevole davvero.

Ma non potevo lasciare che la mia mente partorisse certi pensieri.

Mi nascosi con forza sotto le pellicce.

«Vai a dormire, Juliet» sussurrò ancora una volta Jarl. La sua voce sembrava stanca quanto la mia. «Ne parleremo meglio domattina.»

JULIET

M'inginocchiai sulle lastre di pietra davanti l'altare. La pietra mi graffiava le ginocchia. Ero in quella posizione da ore, ma sarei rimasta così altre cento. Il santuario della chiesa era buio, e puzzava di muffa, ma avevo sempre trovato conforto tra le sue mura spesse. Davanti a me, sul piedistallo, una statua della Vergine Madre mi guardava, con un'espressione placida in quel suo volto di pietra. Spesso venivo al santuario per nascondermi dalle suore crudeli, o dal frate sprezzante. Alzavo lo sguardo verso la Vergine, e facevo finta di avere una madre. Lei sarebbe stata gentile; si sarebbe presa cura di me; non mi avrebbe mai abbandonato come invece aveva fatto la mia vera madre. Nella mia immaginazione, il volto di mia madre somigliava a quello della Vergine, perfettamente sereno. Quella sera, immaginai un tocco di pietà sul viso mentre sussurravo le mie solite preghiere.

Kyrieelseisonchristoseleison. Per favore, per favore, per favore...

Poi, un colpo risuonò sulla pesante porta di legno. L'intero santuario sembrò tremare. Mi accovacciai, pregando più veloce- mente, ma il corpo risuonò ancora, e delle crepe presero a formarsi sulle lastre di pietra. Sopra la mia testa, il tetto del santuario si

squarciò di colpo, lasciando entrare la luce. Le pietre caddero, e
sulla mia testa piovve polvere.

Le voci dei guerrieri si alzavano e abbassavano oltre la porta.
Stavano arrivando. Nessuno avrebbe potuto fermarli.

Per favore, *implorai la Vergine Madre, ma lei non disse nulla.*
L'edificio tremò ancora, e la porta, alla fine, cadde. Risuonarono
passi pesanti, ma non riuscii né a voltarmi per vedere, né a scap-
pare via. Restai congelata sul posto, come una statua, come la stessa
statua della Vergine Maria su cui i miei occhi restarono incollati.

Poi, lacrime presero a scivolare sulle sue guance. La sua piccola
mano di pietra, alzata in segno di benedizione, s'incrinò e
cadde giù.

E io urlai, guardandola sgretolarsi per sempre.

I miei occhi si aprirono di scatto. Ero sdraiata in quella
che aveva la consistenza di un'enorme nuvola, ma erano
pellicce. Ero immersa nel calore.

Artigliai la pesante veste e la pelliccia si spostò, cadde. La
sentii mormorare qualcosa nel sonno. Spinsi contro quella
solida parete di pelliccia, ma poi allontanai la mano.

Sul letto c'era un grosso lupo. Bianco, con macchie di
fulvo marrone.

Mi girai di scatto, e incontrai un'altra forma addormentata di pelliccia scura.

Non un lupo, ma due, e dormivano pesantemente, come
fossero incantati.

Mi alzai lentamente, ma loro continuarono a dormire.
Eravamo tutti e tre nel grande letto, nella nuova loggia che
Jarl e Fenrir avevano costruito, apparentemente per me.

Nel focolare, il fuoco si era ormai spento. Lungo le pareti
c'erano nuove pile di legna da ardere. Sulla porta era stato
appeso un cervo morto. I guerrieri avevano passato la notte a
lavorare, e poi dovevano essere andati a caccia. Non c'era da
stupirsi che ora fossero stanchi.

A poco a poco lasciai il calore meraviglioso del letto per

scendere giù. I lupi non si svegliarono e non fecero nulla; soltanto le loro orecchie fecero un leggero scatto.

Mi morsi il labbro. Lentamente strattonai la mantella che Fenrir mi aveva dato durante la corsa, liberandola da sotto le zampe del lupo bianco. Era una pelliccia pesante; non era perfetta, ma mi avrebbe aiutato a respingere il freddo.

Quella era finalmente la mia occasione per fuggire. La mia ultima possibilità, forse.

Fuori, il cielo era grigio ardesia. I fiocchi di neve danzavano nell'aria, la loro polvere bianca a ricoprire il terreno.

Che grande follia, quella. Non potevo scappare.

Le dita nude dei miei piedi si arricciarono al freddo, già irrigidite dalla bassa temperatura del terreno. Non sarei mai riuscita a sopravvivere al viaggio lungo che mi aspettava, sotto questa tempesta. Anche il cervo era congelato, il suo sangue rappreso in una pozza sotto la sua testa.

Fissai il paesaggio gelido, desiderando di avere ali che potessero aiutarmi a scappare via.

Il calore fu la prima cosa a colpirmi, prima che un braccio tatuato mi cingesse il petto. Jarl mi tirò contro il suo petto, il suo profumo a consumarmi: fumo e pino, e un'altra lieve essenza, come l'odore dell'aria dopo una tempesta. Magia. Lo strano odore mi punse il naso, ma svanì di colpo quando Jarl mi accarezzò i capelli con il suo viso barbuto.

«Torna a dormire» mormorò contro la mia pelle.

Presi ad ansimare come avessi corso per ore, ma non avevo neanche mosso un muscolo. «Non posso.»

«Devi. Stai gelando.»

«No», protestai, ma lui mi stava già trascinando indietro. In qualche modo me lo ritrovai improvvisamente di fronte, ed io girai il viso dall'altra parte. Oltre i suoi tatuaggi scuri e un pezzo di pelle che gli cingeva i fianchi, era completamente nudo. Il freddo e il mio evidente imbarazzo non sembrarono turbarlo. Mi riportò sul letto, e s'inginocchiò per esaminarmi i piedi.

«Continui a non mettere gli stivali, donna.» I suoi pollici spazzarono via la sporcizia e la cenere che le mie piante nude avevano raccolto dal pavimento. Le dita dei miei piedi si accartocciarono, prima per il freddo, poi per il piacere, mentre lui massaggiava via la tensione.

Uno strano vento mi sollevò i capelli di colpo, riempiendo la loggia di quel caratteristico profumo di pioggia. Poi Fenrir mi fu alle spalle, e mi portò sul letto tra le sue braccia. Cercai di divincolarmi, spingendo le gambe per rotolare via, ma Fenrir mi strinse più forte, con delicatezza ma con fermezza sufficiente a tenermi stretta a sé. Ai miei piedi, Jarl ringhiò e strinse le mie caviglie. Le sue mani forti presero a massaggiarmi i polpacci congelati.

«Per favore» pregai, dimenandomi e guardando Fenrir. I suoi lunghi capelli scuri riempivano la mia visuale, coprendomi come fossero una tenda. Sicuramente anche lui era nudo. Non ebbi il coraggio di abbassare lo sguardo. «Non dovremmo stare in questa posizione insieme, non dovremmo…»

«Sh…» Fenrir poggiò un dito sulle mie labbra, poi prese ad accarezzarmi. «Lì fuori c'è una tempesta di neve. Siamo andati a caccia, prima, e abbiamo abbastanza legna da tenere la casa al caldo. Non hai alcun motivo di andare via.»

«Io non dovrei essere qui.»

Ma prese a risultarmi sempre più difficile cercare di liberarmi quando le mani di Jarl mi massaggiavano i polpacci in maniera così perfetta e magica. Ogni mio singolo movimento sembrava inutile, di fronte a quei due.

«Mh…» Fenrir sembrò non sentire le mie parole, troppo preso a tracciare il contorno della mia mascella, a districare i nodi tra i miei capelli.

Mi sentivo sul punto di annegare. I miei occhi erano

pesanti, il mio corpo caldo e troppo preso da quelle sensazioni piacevoli e oniriche.

Come venisse da una terra lontana, sentii la mia stessa voce mormorare, «Non posso farlo. Non posso essere ciò che voi volete io sia.»

«Tu non lo sai cosa vogliamo noi» mormorò Fenrir. Il suo pollice mi stuzzicò le labbra. Quando aprii la bocca per parlare, fece scivolare un suo lungo dito all'interno, e poi un altro. Le sue dita invasero la mia bocca e io mi ritrovai a succhiare, gli occhi spalancati.

«Sh», mi tranquillizzò lui. Le sue due dita mi accarezzarono la lingua, e quel loro tocco riuscii a sentirlo anche in mezzo alle mie gambe.

Nel frattempo, alito caldo mi bagnò le caviglie. Jarl strinse i miei piedi, i suoi denti a mordicchiare con delicatezza la mia gamba. Il mio centro si contrasse, pronto, e chiusi gli occhi. Cosa stava succedendo? Chi ero?

Una folata di vento soffiò dritta dentro la capanna, abbastanza forte da far ondeggiare la carcassa del cervo. Entrambi i guerrieri si alzarono imprecando. Jarl mise al sicuro la carne, e Fenrir lo seguì, borbottando qualcosa sul dover trovare una porta e un modo per tenere sempre acceso il fuoco.

E lì, in quel momento, seppi di aver perso il senno.

Improvvisamente, afferrai la pelliccia più vicina che avessi, scesi dal letto, me la gettai alle spalle e corsi con tutte le mie forze verso la porta della loggia, uscendo dalla casa. Il freddo mi colpì all'istante, come fosse un muro di pietra. Gridai e barcollai, sibilando mentre il freddo glaciale mi graffiava la pelle. Il terreno ghiacciato aveva la stessa sensazione di coltelli affilati rivolti verso l'alto sui miei piedi.

Non ero arrivata che alla fine della radura prima che delle grida mi seguissero.

«Juliet! Juliet!»

Corsi verso la boscaglia, senza perdere tempo a pensare. Non avevo più consapevolezza di un fagiano spaventato che vola via dal cacciatore. Per metà correvo, per metà mi sentivo quasi scivolare lungo la camminata.

Un'enorme forma bianca volò sopra la mia testa e atterrò proprio di fronte ai miei occhi. Feci qualche passo indietro, spaventata, mentre il lupo si metteva in mezzo al mio cammino.

Poi, un forte braccio mi cinse la vita. «Presa» sibilò Jarl. Provai a liberarmi, ma quel braccio era forte quando un cerchio di metallo. Poi, Jarl mi gettò sulle sue spalle e corse via verso la montagna.

Di nuovo dentro la capanna, il caldo torpore del fuoco mi riscaldò immediatamente il viso. Jarl mi lasciò andare sul letto un'altra volta, ma stavolta restò lì, di fronte a me, le mani strette sulle mie spalle.

«Piccola sciocca!» mi scosse. I miei denti ancora battevano per il freddo, ma il cuore prese a battere più forte per la paura. «Cosa diavolo ti è venuto in mente? Correre fuori dalla capanna in questa tempesta? Senza stivali, senza nulla di pesante addosso? Volevi morire?»

Il lupo bianco tornò dentro e abbaiò verso di me.

No, non verso di me. Verso Jarl.

«Deve imparare a riflettere!» ringhiò Jarl al lupo prima di ritornare a guardarmi. «Quel tuo Dio che veneri, è davvero così crudele da preferire la tua morte al tuo sottometterti a noi?»

Scoppiai a piangere, il cuore stretto in una morsa. Quella mattina, quella serata, quegli ultimi mesi mi spingevano sulle spalle come un macigno.

Il lupo ringhiò ancora, il pelo rizzato, e si avvicinò a noi quasi a due zampe, arrabbiato.

«Parlaci tu con lei, allora!» urlò Jarl, e con rabbia corse via dalla capanna.

Mi riparai sul letto, stringendomi in me stessa. Mi facevano male i piedi. Il naso era troppo intorpidito per il freddo, faceva così male che temevo il vento me lo avesse tagliato via. E il mio cuore non era altro che un mucchietto di cenere. Mi sentivo come quella stessa statua del mio sogno, rotta dalla testa ai piedi. Un singolo soffio d'aria, e sarei volata via per sempre.

Una grossa ombra torreggiò su di me, cadendo sul letto. Il lupo bianco utilizzò il suo corpo per spostare tutte le pellicce su di me, e poi si coricò al mio fianco. La sua pelliccia era fredda dalla temperatura di fuori, ma io ci lasciai andare contro le mani lo stesso.

«Non ho mai chiesto niente di tutto questo» singhiozzai. Suonavo pietosa, piagnucolante come una bambina. Ma avevo perso la testa. Mi sentivo piccola e fragile come una foglia, caduta dall'albero all'improvviso, troppo presto, e subito travolta dal vento, portata via da ciò che avevo sempre conosciuto. Stavo annegando, e i miei piedi non riuscivano a ritrovare terreno, stabilità.

Il lupo voltò il suo grosso muso verso di me. Dopo un po', leccò via le lacrime dalle mie guance con la sua lingua grossa e rosa.

«Che cosa devo fare?» piansi, stringendo le braccia intorno al collo del lupo prima di affondare il viso sulla sua pelliccia.

PASSÒ UN BEL PO' di tempo prima che Jarl tornasse. Per allora, Fenrir aveva già abbattuto il cervo e lo aveva macellato; aveva legato insieme alcuni tronchi d'albero da appoggiare all'ingresso per creare una porta di fortuna, e aveva acceso nuovamente il fuoco. Io mi ero lasciata andare di nuovo sul letto, a dormire, e mi svegliai di soprassalto quando sentii Jarl rientrare.

Gettò a terra un paio di fagiani morti, lanciando occhiate a tutto e a niente, senza guardarmi mai. Io mi rannicchiai nelle lenzuola.

Poi si fermò di fronte a me, e lasciò cadere sul letto alcune lunghe strisce di cuoio.

«Prova a scappare di nuovo, e ti farò tornare zoppicando» mi disse, guardando con forza verso le corde di pelle. Io seguii il suo sguardo verso di loro. Cos'altro avrei potuto fare?

Fenrir restò fermo a spennare i fagiani da arrostire sul fuoco. Jarl si avvicinò alla catasta di legno, e cominciò a tirare ceppi dentro il fuoco con rabbia.

Non accennava a calmarsi.

Dopo un po', Fenrir si girò a guardarmi, come riuscisse a sentire il mio sguardo sul suo fratello guerriero. «È arrabbiato, sai. Perché hai deciso di soffrire per tutto questo tempo.»

«Cos'altro avrei dovuto fare?»

«Avresti potuto venire da noi» disse Jarl, tirando ancora un altro ceppo di legna con forza. «Appartieni a noi.»

Mi strinsi le braccia intorno al corpo. «Io appartengo a Dio.»

Jarl si alzò di scatto, allargando le braccia, esasperato. «Se gli appartieni così tanto, perché non è venuto *lui* salvarti? Perché non ti salva *mai?*»

Prima ancora di capire cosa stessi facendo, ero saltata giù dal letto e mi ero alzata sulle punte dei piedi per potergli urlare in faccia. «E se voi siete così forti, allora perché non mi avete gettata a terra e presa subito, la prima volta che mi avete vista? Nel giardino dell'abbazia, con tutte le torce accese?»

I suoi occhi scintillarono dorati. «È questo che avresti voluto?»

«No!»

«Ah, no?» ringhiò, facendomi indietreggiare nuovamente verso il letto. «Perché ci combatti sempre? Perché combatti la tua natura?»

«Perché questa non è la mia natura! Se lo fosse, vorrebbe dire che sono piena di peccato, impura!»

«Chi te l'ha detto, questo?» mi chiese Fenrir. Sedeva ancora di fronte al fuoco, intento a cucinare.

«Il prete.»

«*Preti*» sputò Jarl. «Uomini deboli che pensano di poter dettare legge sugli altri.»

«Non sono deboli—» protestai, ma venni interrotta all'istante.

«Sì, lo sono. E tutte queste regole che creano, le hanno create per tenerti incatenata!» Jarl strappò dal letto le corde di pelle, muovendole sotto il mio naso. «Noi siamo Berserker. Non siamo incatenati a niente, men che meno alle parole professate da miseri preti!»

Strinsi con forza le mani a pugno, cercando di non prenderlo a schiaffi. «Eppure voi incatenate quanto loro.»

«Sì, piccola suora, lo facciamo, ma per un motivo diverso. E non ti lasceremo mai andare. Continua a stuzzicarmi, e ti legherò al letto.» Jarl tirò le corde nuovamente sul letto e si girò, mormorando sottovoce. «Dovrei punirti per essere scappata.»

«Fallo, allora!» ringhiai io.

Non lo vidi neanche muoversi. Mi ritrovai di colpo sulla pancia, il viso premuto contro le pellicce soffici. La mano di Jarl spinta con forza contro il mio collo, mentre l'altra tirava su il mio vestito. Urlai contro le pellicce, stringendole con le mani, cercando di liberarmi con forza. Poi, d'improvviso, il suo palmo entrò a contatto con la mia pelle nuda con uno schiaffo sonoro, ed io urlai. Scalciai, e lui mi schiaffeggiò un'altra volta.

S'inginocchiò sul letto, stringendo i miei polsi con facilità dietro la mia schiena. «Era questo che volevi?»

Urlai un'altra volta, trovando nient'altro che pelliccia. Il suo palmo trovò il mio didietro, e gli lasciò un segno su entrambe le natiche, riempiendole di dolore. Dopo un po', smisi di scalciare e mi lasciai andare alla punizione.

Jarl accarezzò il mio didietro scottato tra uno schiaffo e l'altro, e quando si fermò io trattenni il respiro, il mio cuore a martellare contro il letto.

«Avrei dovuto farlo lune fa» mormorò lui, la voce molto più calma. Le sue dita scivolarono giù, così vicine al luogo in cui nessuno era mai andato. Il piacere mi strinse lo stomaco, una sensazione molto in contrasto con il pizzicore sulle mie natiche. Sentii un leggero tocco in mezzo alle mie pieghe e poi scappai via, allontanandomi il più possibile da lui sul letto.

Jarl mi lasciò andare. Mi girai, portando le pellicce su fino al mio collo. Quando alzai gli occhi su di lui mi aspettavo quasi di vederlo sorridere, ma invece lo trovai intento a fissare le due dita che mi avevano toccata.

«Sei bagnata.»

«No.» Il mio sedere pulsava di dolore, e il mio centro sembrò vibrare a quelle sue parole. Strinsi con forza la pelliccia che avevo stretto intorno al mio corpo. Ero coperta da capo a piedi, ma non mi illudevo: sapevo che, se avesse deciso di prendermi, nessuna pelliccia sarebbe stata in grado di proteggermi.

Jarl restò esattamente lì dov'era, però. Abbassò il capo verso le sue dita, annusando i miei umori prima di leccarli via con la sua lingua. Tenne gli occhi fissi su di me per tutto il tempo.

«Non temere, piccola Juliet. Non ti daremo neanche una

goccia di piacere fino a quando non sarai pronta a pregarci di farlo.»

«Non lo farò mai.»

«Stai attenta, Juliet.» Il suo ringhio suonò alle mie orecchie come una minaccia. «Non fare promesse che non puoi—»

«Basta.» La voce profonda di Fenrir riecheggiò per tutta la capanna. Si alzò dal suo posto di fronte il fuoco, pulendosi le mani. «La cena è pronta. Mangiamo.»

«Bene.» Jarl si avvicinò al fuoco.

Io mi strinsi completamente intorno alle pellicce, nascondendo anche il viso, chiedendomi quanto a lungo sarei riuscita a passare inosservata in questa posizione.

«Juliet», chiamò Fenrir. Era ai piedi del letto con un piatto pieno di carne di piccione. L'odore del cibo mi fece brontolare lo stomaco.

«Vieni fuori» disse Jarl. «Chiedo tregua.»

«Tregua» concordai io, e scivolai fuori dalle pellicce, sussultando leggermente al pizzicore sulle mie natiche. Mi sedetti sul bordo del grande letto, lasciando le mie gambe penzolare fuori mentre mangiavo la carne. I due uomini, invece, si sedettero di fronte al fuoco.

Per un po', nella capanna regnò la pace. Nessun suono oltre lo scoppiettio del fuoco e la neve che cadeva lieve sul tetto della capanna.

«Ti piace il fagiano?» mi chiese Fenrir.

«Mi piace il cibo.» Sollevai un'aletta e ne strappai via la carne dall'osso. Poi succhiai il grasso e mi ripulii le dita con la bocca. Quando alzai lo sguardo, mi accorsi che entrambi i guerrieri mi stavano guardando. Gli occhi fissi su di me, così fermi da sembrare proprio quelli di un lupo.

Allontanai il piatto, arrossendo. «Era buono, grazie. In abbazia non c'era mai abbastanza carne.»

«Non vi davano molto da mangiare» disse Fenrir, e non era una domanda.

Io risposi lo stesso, scuotendo il capo. «No. Eravamo orfane. Poi io ho fatto voto di povertà.»

Jarl si chinò in avanti per gettare le ossa nel fuoco. «Perché?»

Gli scoccai un'occhiata di fuoco. «Volevo servire Dio.»

Jarl scosse la testa, mormorando tra sé e sé.

«Non riusciamo a capirlo» mi spiegò Fenrir, dolcemente.

«Certo che non lo capite!» mi accalorai io. «Non ci provate neanche.»

«Dicci, allora. Spiegaci. Parlaci del tuo Dio.»

Spalancai la bocca dalla sorpresa, e dovetti aspettare un attimo prima di ritrovare la mia voce. «Volete sapere del mio Dio?»

«Noi ne abbiamo tanti», scrollò le spalle Jarl. «C'è sempre spazio per un altro.»

Mi leccai le labbra. «Esiste un solo Dio.»

Jarl si avvicinò all'angolo, verso uno dei barili, riempiendosi un corno di vino. Non sembrava particolarmente interessato, ma quando mi fece cenno di continuare, io presi a parlare.

«Abbiamo un solo Dio, che ha creato tutti i mondi, e tutto ciò che c'è al loro interno.» Mi sistemai sul mio posto. Ancora le natiche pizzicavano dal dolore della punizione.

«E come ha fatto a creare il mondo?»

«Ha pronunciato parole.» Le mie stesse parole uscivano dalle mie labbra incerte, tremolanti. «Ha pronunciato la parola 'luce', e luce fu.»

«Parole? Ha fatto tutto con le parole? Suona tanto come un prete.» Jarl si portò il corno alle labbra, e bevve.

«Ti prendi gioco di me» dissi, stringendo con forza le mani.

«Mai» mi assicurò Fenrir. Una mano accarezzava la sua

barba scura. «E hai dato te stessa a questo Dio, sì. Gli hai giurato fedeltà?»

«Ho fatto voto. Voti sacri.» Poteva essere vero, che mi stessero ascoltando? Che volessero davvero capire, magari lasciarsi convincere che non volevo smettere di restare distaccata dal mondo, solo fedele al mio Dio? Di restare pura?

Forse li avrei convinti, e loro mi avrebbero lasciata andare.

«Sei una sacerdotessa, non è vero?» chiese Fenrir. «Guidavi le cerimonie sacre?»

Scossi la testa. «Lo faceva la Badessa, a volte. Il mio unico ruolo era quello di servire. Lavorare e pregare, e vivere una vita degna.»

«Perché?» mi chiese Jarl.

«Perché?» ripetei io, non riuscendo a comprendere quella domanda.

«Perché fare una cosa del genere?» mi chiese ancora, avvicinandosi. «Qual è la ricompensa?»

Ricompensa? «Servire non è una cosa che si fa per ricevere una ricompensa.»

Jarl sbuffò.

«Un guerriero, per esempio, sa che se va in guerra e muore in battaglia, valorosamente, andrà a Valhalla.»

«Cos'è Valhalla?» chiesi, scuotendo la testa quando Jarl mi offrì il suo vino.

«Un posto meraviglioso, con una casa enorme, e un grandissimo tavolo. I guerrieri si riuniscono lì e mangiano e battibeccano fino al tramonto. La sera banchettano con idromele a mai finire. Poi, il giorno dopo, rifanno tutto da capo.» Jarl alzò il corno, brindando. «A Valhalla.»

«A Valhalla!» gli fece eco Fenrir, svuotando anche lui il suo corno. «E alle Valchirie.»

«Alle Valchirie!» ripeté Jarl, battendo una mano sul ginocchio.

«Cosa sono le Valchirie?» chiesi ancora io.

«Donne guerriere. Le figlie di Odino. Bellissime, ma letali.» Jarl mi fece un occhiolino. «Servono solo i più degni.»

Alzai gli occhi al cielo. Ovviamente quei guerrieri avrebbero creduto ad una vita dopo la morte che comprendesse guerra senza fine e donne bellissime come delle dee pronte a servirli. «Questa suona come una storia che i guerrieri sarebbero molto inclini a credere.»

«Lo è», disse Jarl.

«E tu, Juliet?» mi chiese Fenrir, sporgendosi verso di me. «In cosa credi, tu?»

«Cosa intendi?» chiesi io, portandomi una mano sul collo.

Jarl fece un gesto con la mano. «Oh, lascia perdere. Dove vai tu quando muori?»

«In paradiso, se sono stata brava. Ma non è per questo che voglio essere brava e libera dal peccato. Non è per andare in paradiso. È perché voglio davvero essere pura e santa. Voglio vivere una vita dedita a Dio. Come ha fatto la Vergine Madre.»

«La Vergine Madre» ripeté Jarl, senza espressione.

«Sì. Era pura e buona di cuore, ed è stata scelta da Dio per portare in grembo il suo unico figlio.»

Jarl aggrottò la fronte. «Quindi questa Vergine ha dato alla luce un figlio per il tuo Dio.»

«Sì», annuii. «La Vergine Madre.»

«La Vergine Madre…» ripeté lentamente Fenrir. «Quindi questa donna non era mai stata toccata da un uomo, ma è stata comunque una madre.»

«Sì», confermai, e d'un tratto desiderai aver prestato più attenzione alle parole del frate quando ne parlava. Fenrir si avvicinò a me con il corno pieno di nuovo vino, ed io ero così stordita che lo accettai.

Jarl aspettò che inghiottissi il vino prima di parlare. «Quindi lei era come te.»

Affogai nella mia stessa saliva in ogni caso. «Cosa?»

«Piccola madre» disse Fenrir. «Tu fai da madre a tutte le ragazze che ti conoscono.»

«Sei una madre anche se non sei mai stata toccata da un uomo» sorrise Jarl.

«È per questo che sei così incatenata ai tuoi voti? Perché speri di essere come la Vergine Madre, come la tua Dea?» chiese Fenrir.

«No. Io non sono per niente come lei. Sono una peccatrice, povera e di basso rango.» Perché avevo creduto di poterglielo fare capire? La Badessa mi frusterebbe se potesse sentire in che brutto modo sto cercando di spiegare teologia. Urlerebbe, arrabbiata, che *non è per gente come me, la teologia. La mia stupida mente non potrebbe capire.*

«E allora perché, Juliet?» Jarl non stava più sorridendo. Si sporse in avanti, gli occhi fissi nei miei. «Perché hai fatto voto?»

«Non lo so», sussurrai.

I due guerrieri aggrottarono la fronte all'unisono. Le mie parole non avevano alcun senso. Li stavo perdendo.

«Intendo, intendo che io—» balbettai, «—io volevo prendere voti. Volevo essere brava. Volevo stare al sicuro.»

«Al sicuro» ripeté Fenrir, annuendo. «Ed è per questo che ti stringi così tanto alle tue credenze.»

Lasciai cadere il corno per terra, che sbatté contro il pavimento rimbombando. Strinsi con forza le mani sulle mie orecchie.

«Kyrie eleison. Christos eleison.»

«Juliet, Juliet!» mani soffici e gentili si poggiarono sulle mie. Spinsero con delicatezza, ed io provai ad opporre resistenza, ma le mie mani presto vennero strette tra dita molto più forti delle mie. Guardai negli occhi di Fenrir, bagnati d'oro. «Smettila. Sh, smettila adesso. Non siamo arrabbiati con te. Vogliamo soltanto comprenderti.»

Mi leccai le labbra. Sentivo troppo caldo, e le mie labbra erano secche. La mia bocca continuava a muoversi, ma io non la stavo comandando più.

«Come fa a farci comprendere cosa crede se non comprende neanche lei stessa?»

Fenrir ringhiò verso Jarl, che aveva appena pronunciato quelle parole, e quando lui si rese conto di averle dette ad alta voce scattò dalla sedia e si avvicinò a me.

«Non volevo ferirti, Juliet» disse, portandosi le mani ai capelli. «Volevo solo dire che le cose che ti sono state insegnate non hanno alcun significato, se non quello che gli attribuisci tu.»

Ero troppo scioccata per non rispondere. «Stai dicendo che non c'è neanche un Dio?»

Fenrir sospirò con forza. Jarl portò una mano sul suo collo.

«No», disse. «Intendo dire... non nego l'esistenza degli Dei. Ma non mi hanno mai fatto alcun favore. Perché io dovrei dare loro più di quanto gli spetti?»

Fenrir mi portò tra le sue braccia, ed io ero troppo scioccata per poterlo fermare. «Ignoralo» mi disse. «È arrabbiato perché gli Dei non hanno mai risposto alle sue preghiere.»

«Io non ho mai fatto nessuna preghiera!» scattò lui.

«Le preghiere di tua madre, allora» ribatté Fenrir, con pazienza, e quella volta Jarl ringhiò.

«Non parlare di mia madre. Non ti ho mai parlato di lei.» Gli occhi di Jarl erano accesi, ora. La tensione tra loro era palpabile dentro la capanna. Mi mossi a disagio sul corpo di Fenrir, e lui mi tenne ferma contro di sé.

«Non ce n'è stato bisogno.» La voce di Fenrir era ancora

bassa e calma mentre parlava con il suo guerriero fratello. Mi sistemò meglio sul suo grembo, prima di spiegare. «Io e te condividiamo ricordi.»

«È per via della magia?» chiesi, troppo piena di curiosità per riuscire a frenare la mia bocca.

«È la maledizione» rispose però Jarl. Poi diede un colpo alla finta porta, e andò via dalla capanna. La tensione lasciò il mio corpo immediatamente, ma quando passò qualche secondo senza di lui, mi resi conto che quella capanna sembrava vuota nonostante ci fossimo ancora io e Fenrir. Sbagliata, in qualche modo, senza la presenza di Jarl al suo interno.

«Io e Jarl possiamo comunicare nella mente» mi disse Fenrir. «Condividiamo pensieri, sogni. A volte ricordi, anche se non succede intenzionalmente. La connessione tra noi scorre senza regole. Quindi, sì, dipende dai ricordi, sembra una maledizione.» Fenrir mi sistemò ancora una volta sul suo grembo, in modo che potessi guardarlo negli occhi. «Perché hai preso i tuoi voti, Juliet?»

«Pensavo che fosse ciò che volevo. Ero un'orfana, senza famiglia. La famiglia di mia madre mi aveva dato alle suore quando ero piccola. Non ho mai conosciuto altro che l'abbazia.»

Fenrir restò ad ascoltare con pazienza. Mi guardava con così tanta calma, e quell'accenno di qualcos'altro—dolcezza? Affetto? —che m'impedirono di continuare a guardarlo negli occhi.

Portai lo sguardo giù. «Quando sono diventata grande, ho pregato loro di farmi restare. Ho promesso loro che avrei lavorato duramente all'abbazia, che mi sarei presa cura delle orfane. Adoro quelle ragazze come fossero mie vere sorelle, perché sono l'unica famiglia che io abbia mai conosciuto. La Badessa voleva cacciarmi via, ma il prete deve aver provato pietà per me, e mi lasciò restare.»

«Che cosa sarebbe successo se invece non avessi preso i voti?»

Tremai da capo a piedi. «Non lo so. C'erano state ragazze più grandi di me, prima che io prendessi i voti. Si facevano adulte, e dopo un po' dal loro compleanno sparivano. Il frate continuava a dire che aveva trovato marito per tutte loro.»

«Ma tu non gli hai creduto.»

«No, io—» Sospirai. «No. C'era qualcosa che mi suonava strano, sbagliato. Ma non mi sono mai permessa di dire nulla ad alta voce. In fatto di chiesa, le donne non dovrebbero parlare.»

Fenrir restò in silenzio per un po'. «Hai fatto la cosa giusta nel prendere i tuoi voti.»

Battei le palpebre più volte. Quella doveva essere l'ultimissima cosa che mi sarei mai aspettata di sentirgli dire. «Davvero?»

Le sue dita scivolarono tra i miei capelli, accarezzandoli, calmandomi come mai era successo prima. Mi lasciai andare contro il suo tocco.

«Quelle ragazze che sono andate via prima di te, non sono mai state date ad alcun marito. Il frate le portava dal Re dei Morti, che se ne serviva per accrescere il suo potere. Tu avresti fatto la stessa fine se non avessi deciso di prendere i voti.»

Sussultai. Fenrir continuò ad accarezzarmi i capelli, ma io mi ero fatta rigida. «Dici sul serio?» sussurrai.

«Sì. I voti che hai preso ti hanno salvato la vita. Ti hanno tenuta in vita fino a quando non ti abbiamo trovata.» Le sue dita s'intrecciarono ad alcune ciocche dei miei capelli, tirando piano. «Ma adesso è arrivato il momento di metterli da parte.»

«Metterli da parte?» ripetei, sentendo la testa pesante, confusa.

«Sì.» Jarl rientrò dentro la capanna. «I tuoi voti ti hanno

salvata. Ma adesso ci siamo qui noi a proteggerti. E devi ammettere che è stato il tuo Dio a portarti da noi.»

Arricciai il naso, pronta a protestare, ma Fenrir tirò nuovamente una ciocca dei miei capelli e mi fece voltare nuovamente verso di lui. «Hai detto che il tuo ha creato il mondo e tutto ciò che c'è dentro. Compresa te.»

«*Mi cucì all'interno del grembo di mia madre*» ripetei le parole che mi crano state insegnate. «Sì.»

«E allora è stato lui a farti così.» La sua mano sinistra si poggiò sul mio petto, scivolando giù, verso i miei seni, lasciando brividi al suo passaggio. «Ti ha creata così, piena di desiderio.»

«No», sussurrai.

«Sì», insistette lui. «Tutte queste notti che hai passato a pregare di essere liberata. Il tuo Dio ha esaudito le tue preghiere. Ci ha portato da te.»

Oh, Dio, no. Chiusi gli occhi.

«Il tuo corpo brucia in nostra presenza. Sei stata creata per noi, Juliet. E noi siamo stati creati per te.» La sua mano coprì il mio seno, accarezzando piano. Piacere dorato eruppe dentro di me, pronto a spazzarmi via.

«No, no» dissi, afferrando il suo braccio. «Questo desiderio è come una spina nel fianco. Vorrei poterla tirare via.»

«Juliet» disse Fenrir, ma io non sentii più niente. Improvvisamente provai a liberarmi, e scalciando, mi alzai in piedi.

«Ho peccato. Ho peccato. Sono dannata, adesso. Devo essere ripulita e rifatta a nuovo.» Stavo blaterando. Strinsi con forza la mano di Fenrir, e quando la lasciai andare, presi a graffiare la mia pelle.

«Fermati!» mi ordinò Fenrir.

«Juliet.» Jarl mi afferrò per il collo da dietro, portando la mia schiena contro il suo petto, e le sue labbra mi scivolarono sull'orecchio. «Hai peccato?»

«Sì, sì.»

«Allora devi essere punita.»

Sollievo mi bagnò da capo a piedi, e mi feci morbida contro di lui. «Sì.»

«E se fossimo noi a punirti, adesso?»

«Cosa?»

«Ti abbiamo presa. Tu appartieni a noi, adesso, secondo le nostre leggi.»

Provai a scuotere il capo, ma Jarl mi teneva stretta. Il mio cuore pulsava nella gola, contro la sua mano. «Che legge sarebbe, questa?»

«La legge del potere.» Jarl mi guidò attraverso la loggia, verso il telaio d'essicazione. La sua mano ancora sul mio collo e il suo braccio stretto intorno alla mia vita. «Non ci puoi fermare.»

Avevano ragione. Non potevo. Se Dio avesse voluto che combattessi contro di loro, mi avrebbe fatta più forte.

«È deciso, allora. Sei nostra da punire e controllare.» Jarl mi posizionò tra i pali della struttura, portando le braccia sopra la mia testa per legarmi i polsi con le strisce di cuoio penzolanti. I miei piedi poggiavano sulla piattaforma rialzata che avvicinava la mia testa alla base del loro mento.

Fenrir si avvicinò a noi, e la luce delle fiamme ballava sul suo petto nudo.

«Ti puniremo, Juliet. E poi ti faremo guarire.»

JULIET

*J*arl fece un passo indietro, lasciandomi le braccia legate sopra l testa. «Non hai scelta, Juliet» mi ricordò. Poi prese tra le dita il mio vestito e lo strappò completamente.

Mi strinsi ai lacci cui ero appesa, il petto ansante mentre Jarl continuava a spogliarmi. Quando fece un passo indietro per ammirare il suo lavoro, strinsi le gambe pallide tra loro, cercando di nascondere la scura peluria tra di loro.

Fenrir non me lo permise; s'inginocchiò di fronte a me e mi legò le caviglie lontane tra loro, facendomi restare sulla piattaforma a gambe divaricate. Non avevo più modo di scappare. Jarl si avvicinò a me ed io provai ad indietreggiare il più possibile contro il muro, muovendomi così tanto che le corde non fecero altro che stringersi più forte contro la mia pelle.

«Piano» mi rimproverò Fenrir, stringendomi i fianchi. Le sue mani ruvide mi fecero venire i brividi, così a contatto sulla mia pelle nuda.

«Ecco.» Jarl mi poggiò un panno sugli occhi, facendolo girare intorno alla mia testa prima di legarlo.

«Cosa...» provai a chiedere, ma non solo non ricevetti risposta, uno di loro decide di infilarmi un pezzo di stoffa in bocca.

«Il tempo per discutere è finito, adesso, piccola suora» scherzò Jarl. Gli tirai contro maledizioni, ma la mia voce uscì fuori ovattata dal panno che avevo dentro la bocca. Lui, però, sembro capire lo stesso, perché scoppiò a ridere. «Che fine ha fatto quella lezione per cui dovevi restare in silenzio di fronte agli uomini?»

Gli urlai contro così forte da farmi male. Poi, però, d'improvviso una bocca mi sfiorò la coscia, e il mio grido si ridusse ad un mugolio.

«Calmati, Juliet.» La sua barba pizzicava la mia pelle, così vicina al punto dove il mio calore pulsava più forte che mai. «Sottomettiti.» I suoi pollici mi allargarono le labbra inferiori, e un alito caldo mi colpì proprio lì, al centro. Provai con tutte le forze a chiudere le gambe.

«No.» Jarl mi schiantò uno schiaffo sul sedere. «Questo fa parte della punizione» disse, stringendo subito dopo una natica tra le dita prima di schiaffeggiarla di nuovo.

La testa di Fenrir mi sfiorò il ventre. Mi rannicchiai il più possibile mentre lui passava la mia lingua sulle mie pieghe morbide e calde. Solleticò, leccò, sfregando la mascella sulla mia pelle tenera, e togliendo il pizzicore nei punti in cui la sua barba sfiorava la mia carne. Un'ondata di calore in qualche modo nella mia testa dorato prese a nascere dentro il mio ventre. Le gambe facevano male, tanta era la forza con cui cercavo, ancora e ancora, di chiuderle.

Jarl mi sculacciò ancora e ancora per questo, colpendo ogni natica fino a farmi bruciare il posteriore. Il dolore non era però così fastidioso; niente a che vedere con la piacevole sensazione che quei colpi stavano facendo smuovere dentro il mio cuore. E niente a che vedere con la distruzione lieve e allo stesso tempo forte che portava con sé la lingua di Fenrir ad ogni stoccata tra le mie labbra.

Il desiderio riverberò dentro di me, trasformandosi in delicati ciuffi d'oro che correvano in picchiata verso il basso, toccando ogni singola parte di me. Tremai, in preda alla sensazione, e già da un pezzo avevo smesso di lottare contro il tocco di Fenrir. Quando lui coprì tutto il mio sesso con la sua bocca calda e spinse la sua lingua nella mia entrata gridai, contraendomi per l'immenso piacere.

Prima che arrivassi al limite, però, lui si tirò via. Mugolai arrabbiata mentre il mio piacere tornava indietro.

«Sh...» cercò di placarmi Fenrir, accarezzando le mie cosce e piantando un bacio proprio sopra la mia figa. «Non finché non m'implori.»

Gridai contro il bavaglio, ma non ne uscì altro che un suono confuso. Non ero nemmeno sicura io stessa di ciò che avevo appena detto.

«Non stasera.» E così, Fenrir si allontanò.

Jarl mi afferrò il mento. «Ora ti marchieremo» disse, sfiorandomi la fronte con le labbra, in un bacio, prima di fare un passo indietro.

M'irrigidii, preparandomi mentalmente, aspettando che il dolore mi attraversasse. Ero già stata picchiata altre volte; sapevo come funzionava.

Ma non arrivarono mai i colpi.

Invece, qualcuno mi baciò di nuovo, questa volta sulla mascella. Forse era Jarl, forse era Fenrir, non potevo capirlo. I baci erano morbidi, ma la barba che mi sfregava non sembrava spessa come quella di Fenrir; più corta, come quella di Jarl. Spostai i piedi, oscillando sulla piattaforma mentre il Guerriero a me invisibile continuava a far scorrere la lingua sul mio collo. La sua bocca prese a succhiare e leccare, dipingendo una linea invisibile dal mento al mio petto. Strofinò la barba sui miei seni, intorno ai miei capezzoli, ed io inarcai la schiena, accogliendo con piacere il pizzicore.

Qualcun altro si avvicinò da dietro, alla mia schiena. Le sue dita presero a scivolare su e giù, facendo vibrare la mia pelle fino a far cantare il mio corpo. Questi guerrieri si muovevano così in sincronia da farmi perdere la testa.

«Questa non è proprio una punizione» mormorai contro il bavaglio.

Quando lo tolse, poggiando sulle mie labbra un po' d'acqua. Bevvi a grandi sorsi. Un po' di acqua scivolò sul mio mento, e chi me la offrì la leccò via dalla mia pelle.

«Cosa dicevi, piccola suora?» mi chiese Fenrir da dietro.

Mi irrigidii un po'. Non avevo bisogno che qualcuno mi ricordasse cosa fossi, o ero stata.

«Questa non è una punizione» ripetei allora.

«Ma noi abbiamo solo appena cominciato» mormorò Fenrir, appoggiando le labbra sulla mia spalla. Morse leggermente, poi succhiò abbastanza forte da lasciare un segno rosso su quel punto. Premette tutto il suo corpo contro il mio, muscoli slanciati e peli ruvidi: era completamente nudo. Cercai di scostarmi, e la sua erezione mi punzecchiò il sedere. Le sue dita strinsero i miei fianchi e lui prese a baciarmi la schiena. Indietreggiai, e la sua barba mi solleticò la pelle. Sentii un lampo percorrermi la spina dorsale.

«Juliet» ringhiò Jarl, facendo scivolare le sue dita tra i miei capelli prima di tirare la mia testa indietro e premere il suo petto nudo contro la mia fronte. Un brivido mi scosse da capo a piedi. La sua, di erezione, mi pungolava il ventre, e quando la sentii non potei trattenere un gemito. Le sue labbra sfiorarono le mie e io inclinai la testa, cercando di ricambiare il bacio.

«Sei così dolce, Juliet» sussurrò, abbassando del tutto il bavaglio e afferrandomi per il mento.

Fu così che la sua bocca scese sulla mia, e la sua lingua si fece strada all'interno come se le appartenesse. Il desiderio scoppiò tra le mie gambe con così tanta forza che dovetti alzarmi in punta di piedi.

La bocca di Fenrir si poggiò sulle mie natiche, baciando e succhiando i punti che Jarl aveva sculacciato in precedenza. Un morso dei suoi denti fece come scoppiare le scintille del mio piacere, e il fuoco divampò davvero dentro me, quella volta. Rimasi sospesa tra loro, in un mondo oscuro ma pieno di sensazioni pure.

Poi si allontanarono di colpo. Danzai sulle corde, girando qua e la, cercando di trovarli.

Una mano mi afferrò un fianco e Fenrir mise a tacere le mie proteste. Trascinò qualcosa sui miei capelli, ringhiando quando qualsiasi cosa fosse restò impigliata.

«È una spazzola» mi disse. «Hai dei capelli bellissimi.»

«Anche tu» risposi sinceramente, rilassandomi e lasciandolo spazzolarmi i capelli. I lunghi colpi mi tranquillizzarono così tanto da farmi perdere nell'oblio. Quando finì con i capelli scese lungo il mio corpo, sulle mie gambe, e, nonostante ciò, non tornai indietro. Le setole rigide sfregavano, ma non facevano male. Le portò sul mio ventre, sul mio seno, e il calore salì nuovamente sulla superficie della mia pelle.

Passò le setole tra le mie natiche appena sculacciate e lì sibilai. La pelle lì era sensibile.

«Punizione o dono?» mormorò Fenrir, come una domanda, ma non seppi come rispondere. «Il dolore è così vicino al piacere...» Strofinò il dorso della spazzola sul mio sedere ancora accaldato prima di tirarsi indietro e sbattere la superficie dura contro di esso. Gridai.

«Mi fermo?»

Scossi la testa il più velocemente possibile, tenendomi con forza alle corde di cuoio. «Di più.»

Invece di altro dolore, però, Fenrir prese qualcosa di morbido e setoso e lo strofinò contro la mia pelle sensibile.

Pelliccia. Faceva un po' il solletico. Fece roteare il pezzo di pelliccia sui miei seni e sul mio ventre, e la sensazione fu paradisiaca. Poi, la morbida pelliccia sparì di colpo e qualcos'altro prese a toccare la mia pelle. Cinque punte dure che mi sfioravano il ventre. Qualcosa incombeva vicino a me, grosso e ringhiante. I peli sul mio corpo si sollevarono di scatto, all'attenti, e quando girai la testa sentii l'odore tipico della magia. Un alito caldo mi sfiorò la guancia.

Ero in presenza della bestia.

Mi irrigidii e chiusi gli occhi nonostante li avessi già tappati dalla benda. Il cuore batteva all'impazzata.

La creatura di fronte a me mi afferrò i fianchi. I suoi artigli punsero, ed io provai a ritrarmi, ma la bestia ringhiò così forte che, se non fossi stata legata, probabilmente mi sarei accasciata per terra.

Mani umane mi afferrarono da dietro e io soffocai un urlo.

«Basta» disse Fenrir. Sentii la bestia ritirarsi, e solo allora fui in grado di respirare di nuovo.

Il lembo di pelliccia tornò a strofinarmi il corpo, facendomi calmare.

«Stai andando bene, Juliet.»

La pelliccia si avvicinò al punto pulsante in mezzo alle mie gambe, senza però toccarlo mai davvero.

Le labbra di Fenrir si avvicinarono al mio orecchio. «Se m'implori, ti prometto che ti farò stare bene.»

Scossi la testa. «No, ti prego…»

«Juliet—»

«Ti prego» sussurrai. «Ho bisogno che faccia male.»

Fenrir si tirò indietro, e per un attimo restai delusa. Ma non mi fece aspettare molto prima di tornare da me.

Un sibilo d'aria, e qualcosa di lungo e sottile colpì la parte anteriore delle mie cosce. Una frusta. Mi sferzò su e giù per le gambe, mentre il mio corpo continuava a danzare in punta di piedi. Poi si fermò.

«Ancora?» chiese Fenrir.

Morsi il labbro, ma annuii, e la frusta colpì il mio sedere. Dipinse sottili linee di dolore fino alle mie scapole e lungo la schiena, il sedere, i polpacci. Uno di loro tirò le corde ancora più forte fino a quando non restai davvero sospesa per aria, in modo che l'altro potesse frustarmi le piante dei piedi.

Quando le corde si allentarono, rimasi lo stesso in punta di piedi, annaspante. Il mio corpo vibrava di dolore.

«Tocca a me» ringhiò Jarl. Mi fece girare, agganciando un braccio duro intorno alla mia vita, sollevandomi. Il sollievo che immediatamente provai non durò a lungo, perché subito dopo sentii una superficie di legno liscia strofinarmi sul sedere. Più grande della spazzola per capelli; molto più grande. M'irrigidii.

Jarl mi colpì dolcemente, all'inizio. Ogni tanto faceva una pausa per calmarmi, strofinando le mie natiche con le mani. Poi ricominciava. Per quando Fenrir prese il suo posto, avevo le guance rigate dalle lacrime.

«Abbiamo quasi finito» mi fece sapere Fenrir, e io mi appoggiai a lui. Mi faceva male dovunque. Un bel tipo di dolore. Dentro di me, quella punizione mi stava ripulendo.

«Appoggiati a me, Juliet» mi ordinò, e quando lo feci, lui mi fece andare più indietro. I miei seni nudi si offrirono a lui di loro spontanea volontà, quasi, e una foglia pungente mi sfiorò la pelle lì. Sobbalzai, cacciando un piccolo urlo, ma Fenrir continuò a tenermi ferma mentre strofinava le ortiche sui miei seni. Il bruciore mi fece perdere il respiro.

«Abbiamo finito.»

Qualcuno tagliò le corde che mi tenevano le braccia legate sopra la testa, e Fenrir mi afferrò subito e mi portò sul letto, adagiandomi con dolcezza sulle pellicce morbidi. Piagnucolai quando la mia schiena colpì il letto.

«Sh... Sei stata bravissima, Juliet» mi disse, scostandomi i capelli dal viso.

Ogni singolo angolo del mio corpo pulsava. I miei seni pizzicavano per colpa delle piccole spine nelle foglie d'ortica. La schiena e le gambe erano striate dal contatto con la frusta, e le mei natiche erano calde e doloranti. Eppure, tutti quei dolori diventavano nient'altro che sensazione di sottofondo se paragonati alla pulsazione che sentivo in mezzo alle mie gambe. Era come se il dolore e il bisogno si fossero uniti in un'unica ondata crescente di sensazioni che minacciava di travolgermi completamente.

Allungai le mani verso la benda sui miei occhi, ma qualcuno mi fermò dai polsi.

«Non ancora» ringhiò Jarl, prima di puntarli sul letto tenendoli fermi con una sola mano.

Un sospiro caldo mi fece rabbrividire.

«Ti abbiamo punita, Juliet. Adesso sei assolta da tutti i peccati» mi disse Fenrir, calmandomi con una mano sullo sterno. «E adesso che abbiamo finito con la punizione, ti faremo stare bene.»

Qualcuno avvicinò un corno d'idromele alle mie labbra, ed io bevvi profondamente.

Un altro aveva preso a massaggiare i miei seni con qualcosa. Una sorta di balsamo, denso e appiccicoso. Un dito mi toccò le labbra, e la mia lingua guizzò immediatamente fuori per raccogliere quello strano unguento nella mia bocca.

Mi leccai le labbra.

«È miele.»

«Sì», disse Fenrir, leccando i miei seni subito dopo, spargendo il miele su entrambi i miei capezzoli prima di chiudere le labbra a turno su di essi. Tutti il bruciore sparì di colpo quando la sua lingua prese a dargli attenzioni. Il piacere passò dai miei seni alla mia figa. M'inarcai sul letto, le orecchie mi si riempirono dei miei stessi gemiti.

Sentii Fenrir allontanarsi, e Jarl prendere il suo posto. Spalmò un'intera manciata di miele sul mio petto dolorante e si chinò per spargerlo con le labbra. La sua barba pungeva la mia pelle, impregnandosi di miele, tanto che quando alzò la testa per baciarmi le labbra sentii il suo sapore ricco riempirmi la bocca. Gli succhiai il labbro, assaporando quella dolcezza.

Fenrir scese verso il basso, portando il miele sul mio ventre e sulla parte superiore delle mie gambe. Jarl mi leccò il collo, la sua barba solleticava, facendomi rabbrividire. Fenrir strinse le mani tra le mie cosce, la sua bocca sempre più pericolosamente vicina alla mia figa calda. Quando sfiorò la valle tra le mie gambe, m'irrigidii. Lui fece roteare due dita tra le mie cosce, immergendosi tra esse, spalmando miele contro il mio sesso.

«Oh, no!» Mi contorsi, cercando di scappare, ma due mani forte mi strinsero le gambe.

E poi, oh, poi qualcuno mi leccò per davvero. Due lingue ruvide presero a danzare e scavare nel mio ombelico, nella fessura tra le mie gambe, premendo sempre più forte. Erano ovunque. Una mano ruvida mi copriva i seni, stringendoli, un'altra teneva con forza le mie ginocchia lontane, le mie gambe aperte, per rivelare tutti i miei segreti. Una bocca coprì completamente la mia figa, leccando in profondità tra le mie pieghe. Spinsi il mio sedere dolorante in alto, ma non riuscii comunque a liberarmi.

Poi Fenrir si scostò e il suo posto lo prese Jarl, riempiendo nuovamente la mia figa di miele per spalmarlo ovunque con la sua lingua. La sua barba raschiava l'interno delle mie cosce, poi tutto il suo viso premette tra le mie gambe.

«No, no» gridai, e due dita entrarono nella mia bocca, spalmando miele sulla mia lingua. Quando si ritrassero per essere sostituite immediatamente dalla bocca di Fenrir, fui sopraffatta. Fenrir mormorò tra le mie labbra parole scon- nesse, dandomi un bacio dopo l'altro. Lasciai scivolare le dita tra i suoi capelli, stringendolo a me. Lasciò andare via le mie labbra per portare le sue sul mio mento, e quando provai a portarlo su di esse lui non me lo permise. Mi afferrò i polsi prima di sollevarsi su di me, poi i guerrieri mi fecero girare. Mi legarono i capelli e mi spalmarono miele sulla schiena, prestando attenzione a ogni singola ferita. Poi fecero lo stesso sul retro delle gambe, dove la frusta aveva morso la pelle.

E infine baciarono le mie natiche, raschiando la mia carne castigata con le loro barbe ruvide solo per poi lenirla con le loro lingue piene di miele. Più provavo a contor- cermi, più loro mi tenevano ferma. Mani dure e forti affer- rarono e divaricarono le mie natiche, spruzzando miele sulla mia seconda entrata e leccando anche lui. Ansimando, spinsi il mio corpo con forza contro la pelliccia, la mia schiena inarcata per offrire il mio centro pulsante alle loro labbra nonostante cercassi di allontanarmi allo stesso tempo.

Il letto scricchiolò quando loro si sollevarono su di me. Le loro dita presero ad accarezzare le mie pieghe umide, e io mi dimenai più forte.

«Per favore, per favore…» dissi.

Jarl ridacchiò. «Quando ho detto che avrei aspettato di sentirti implorare, non pensavo che sarebbe successo così presto.»

«Per favore.» Tremavo quando mi girarono di nuovo. Fenrir s'inginocchiò tra le mie gambe, il mio corpo che bril- lava alla luce del fuoco che scoppiettava dentro il camino.

Senza pensarci, lo raggiunsi.

Ma Fenrir mi bloccò i polsi sul letto e si distese su di me, il suo cazzo sulla mia figa bisognosa, quanto bastava per alle- viare il dolore. I suoi capelli mi coprirono alla vita mentre prendeva la mia bocca con la sua. Non potevo muovermi, ma tutto il mio corpo era teso verso l'alto, verso di lui.

«E va bene, Juliet. Ti daremo ciò di cui hai bisogno.» E di nuovo baciò lungo tutto il mio corpo, facendo scorrere la sua lingua un po' di più sempre sui miei punti doloranti per lenirli. Il mio corpo fremeva di sensazioni.

Fenrir poggiò la testa contro la mia coscia, guardandomi dritto negli occhi prima di spingere un dito dentro di me. Arricciai le dita dei piedi alla sensazione, così forte che quasi non mi vennero i crampi.

«Piano.» Fenrir accarezzò le mie pareti interiori lentamente. «Non devi lottare per ottenere ciò che vuoi. Respira, e prendi tutto ciò che ho intenzione di darti.» Ritirò le dita solo per poter strofinare la parte bassa della mano contro il mio centro ormai zuppo, e piccole scintille di sensazioni mi fecero perdere per un attimo la vista, accendendo dentro me una tempesta di fuoco dorato. La mia spinta dorsale s'inarcò in alto mentre il piacere rotolava con forza dentro di me, raggiungendo il punto di rottura e oltre. Le mie gambe cominciarono a tremare in modo incontrollato.

Fenrir mi stava ancora fissando con intenzione. «Arrenditi a noi.»

Le mie orecchie si riempirono di nient'altro che le mie stesse urla di piacere quando sentii il mio orgasmo sputare fuori. Tutto il dolore che avevo provato fino a quel momento venne spazzato via da quel vortice. Fui sballottolata e fatta rotolare, indifesa in quella tempesta di sensazioni. Il mio climax mi tenne stretta nella sua morsa per tanto tempo.

Fenrir premette sul mio sesso, portandomi di nuovo alla realtà.

«Ora tocca a me» ringhiò Jarl. Percepii a malapena Fenrir spostarsi da me prima di sentire Jarl prendere il suo posto. Mi bloccò i polsi proprio come aveva fatto il suo fratello guerriero, e lasciando cadere il ginocchio sulle pellicce lo portò tra le mie gambe, premendolo contro il mio centro ancora pulsante. Lo fece muovere lentamente contro di me, ed io sbattei velocemente le palpebre più e più volte mentre il calore tornava forte come prima, forse di più.

Mentre il mio climax mi prendeva di nuovo, Jarl poggiò i denti sul mio collo e raschiò proprio sul punto in cui, incontrollato, batteva il mio cuore, facendomi perdere la testa del tutto.

JULIET

malapena ho ricordi del resto della nottata. I guerrieri lavorarono su di me, toccandomi con lo stesso piacere con cui mi avevano fatto soffrire. Un climax dopo l'altro, venni così tante volte che mi trovai di nuovo sull'orlo del dolore e li implorai di fermarsi.

«Ancora uno» insistette Fenrir, e mentre Jarl mi teneva ferma, io urlai a squarciagola mentre Fenrir mi strappava un altro turbine di piacere con labbra e lingua. Il mio orgasmo mi prese del tutto, un'onda gigantesca che salì e salì finché non fu troppo grande perché riuscissi a trattenerla. S'infranse su di me e persi il controllo di me stessa. Non sentivo più nulla, non vedevo più nulla; non conoscevo altro che l'oblio.

Mi svegliai a malapena quando mi lavarono con un panno bagnato d'acqua calda. Intravidi solo qualche scorcio della mia pelle arrossata prima che le mie palpebre si facessero troppo pesanti perché potessi continuare a tenerle aperte. Fenrir avvolse il mio corpo in una pelliccia, poi lui e Jarl si sdraiarono ai miei due lati e a turno mi accarezzarono i capelli per tutto il tempo, fino a quando non mi addormentai.

QUANDO MI SVEGLIAI FU con un raggio di sole che mi bagnava il viso. Il sole era abbastanza alto da penetrare attraverso le fessure della porta di fortuna. Avevo dormito tutta una notte e un giorno dopo.

Jarl e Fenrir dormivano al mio fianco. Io ero ancora rannicchiata tra loro, anche se la pelliccia era scivolata ora giù. Eravamo tutti nudi, ma la cosa non mi preoccupava; ora non avevo più paura di condividere la nudità con quegli uomini.

Lentamente, mi alzai e scivolai fuori dal letto, gettando una pelliccia intorno alle mie spalle per tenere lontano il freddo. Il fuoco era stato acceso di nuovo, i guerrieri si erano preoccupati di mantenere la capanna al caldo. Mi avevano lasciato dormire mentre si prendevano cura di me.

A piedi nudi, mi affrettai a bere un po' d'acqua e a darmi una rinfrescata. All'inizio sentii il mio corpo tremare, ma dopo un po' ritrovai la forza di stare in piedi e fare tutto. Le mie gambe e i miei seni portavano ora pochi segni della notte precedente. Le mie natiche erano ancora ammaccate. La mia figa, però, aveva subito la punizione peggiore. Era rosa e gonfia, e quando la ispezionai, la sentii ancora pulsare, pronta ad avere altro.

La differenza più grande che sentii era il mio interno. Il petto leggero, la testa alta. Il peso che avevo portato con me per tutta la vita era sparito. Il dolore della sera precedente sembrava avermi ripulita per intero.

Mi lavai il viso, sistemandomi i capelli.

Il freddo mi mordeva la pelle della schiena, facendomi rabbrividire fino a quando non tornai a letto. I guerrieri non diedero segno di essersi svegliati. Non li avevo mai visti dormire così profondamente. Erano stati colpiti dalla nostra notte insieme come lo ero stata io?

Nel sonno sembravano meno intimidatori. Mi girai per guardare Fenrir: alcune ciocche dei suoi capelli erano rimaste impigliate nella barba, e io le scacciai via. Le sue lunghe ciglia sbattevano ma lui restava immobile, una montagna assopita.

Jarl emise un brontolio inquieto, e io mi spostai verso di lui. La sua fronte era aggrottata, così portai delicatamente le dita lì per lisciarla con dolcezza. Le sue rughe si attenuarono sotto i polpastrelli. Incoraggiata, continuai a fare quello che era da tantissimo che volevo fare. Tracciai il contorno scuro dei suoi tatuaggi, seguendone le linee con le dita. Al primo passaggio vidi i suoi occhi spalancarsi, ma io non fermai il mio viaggio.

Esaminai le volute lungo il suo avambraccio, poi passai al petto. Un rombo sotto il mio palmo mi fece ritrarre la mano.

«Non fermarti» disse Jarl, la voce gutturale a causa del sonno, ed io non lo feci. Carezzai la pelle dipinta della sua clavicola e le creste tra i suoi muscoli. Più la mia mano si abbassava, più il suo petto si alzava e abbassava con rapidità. I suoi fianchi si spostarono e io mi ritrassi, riportando le mani sul suo viso. Chiuse gli occhi mentre gli sfioravo le sopracciglia con le dita. Quando li riaprì, io sbattei le palpebre e restai incantata a guardare l'oro nelle sue iridi.

«Juliet» ringhiò, avvicinandosi a me. I peli sotto il mio collo scattarono immediatamente all'attenti. Sapevo di essere vicinissima all'essere presa e portata sotto di lui, pronta ad essere devastata. Sorrisi e passai un dito sul suo labbro inferiore, e lui mordicchiò le mie punte con i denti. Il gesto mandò una scossa dritta al mio cuore.

Eravamo così vicini che riuscivo a sentirlo respirare sul mio viso.

«Perché tua madre ti ha chiamato Jarl?»

Jarl poggiò la sua mano sulla mia. Sentii la scia di peli ruvidi che dal centro del suo petto scendeva giù, giù. Poggiai il palmo con più forza contro il suo petto, e lui spinse la sua mano più forte sulla mia, intrappolandola.

«Perché voleva che lo diventassi.»

«Voleva diventassi un signore?»

«Sì», rispose, allacciando le sue dita alle mie. Lentamente, poi, iniziò a trascinare entrambe le nostre mani verso il basso.

Mi stava dicendo qualcosa di importante. Era meglio che scoprissi cosa fosse prima che la sua mano raggiungesse il suo obiettivo finale.

Mi leccai le labbra, e i suoi occhi si poggiarono immediatamente sulla mia bocca.

«Perché?»

«Perché lo era mio padre. Mia madre, però, era una schiava.»

Inspirai, lasciando che Jarl spingesse le nostre mani ancora un altro centimetro più in basso. «E poi cos'è successo?»

«È successo che il *signore* non ha creduto fossi suo figlio. O questo, o comunque non gli importava che lo fossi.» Si sporse in avanti all'improvviso, in modo che le sue labbra toccassero la pelle sul mio orecchio. «Ma a me non è mai importato altrettanto, perché io sono cresciuto lo stesso. E sono cresciuto forte, con mia madre a proteggermi, a crescermi bene. Ha sacrificato tante volte il suo stesso cibo perché mangiassi io. E sono diventato un uomo, più grande e più potente di quanto mio padre avrebbe mai potuto essere.»

La mia mano si poggiò nell'incavo teso sopra i suoi fianchi. La sua pelle calda sembrava fuoco pronto a bruciarlo del tutto. Aveva il respiro affannoso, e i suoi muscoli erano duri come la pietra. Ma era immobile, come congelato.

Inclinai indietro la testa per poterlo guardare negli occhi. «L'hai ucciso?»

«Non io» disse, il rimpianto a colorare il suo tono. «È stato il mio fratellastro, il suo vero figlio. Ma io ho lottato sempre per ottenere la mia posizione, e l'ho ottenuta. Per mia madre, e per me stesso. Vedi, Juliet…» le sue dita si chiusero intorno al mio polso, «… questo mondo appartiene a coloro che sono abbastanza forti da prenderselo. È così che funziona. È così che funzionerà sempre.» Poi spinse la mia mano verso il basso, finché non sentii la sua erezione pulsare contro il mio palmo. I peli ruvidi mi segnarono la pelle. Mugolai, ma Jarl non mi forzò oltre. Rimase fermo, in attesa.

«Pensi di poterti prendere quello che vuoi?» gli chiesi, inarcando un sopracciglio.

Lui annuì, ma i suoi occhi erano spalancati. Sollevai il mento, spostandomi un attimo per baciargli le labbra. «No», lo corressi, sorridendogli mentre arricciavo le dita intorno alla sua asta rigida. «Non è prendere, se ti viene dato liberamente.»

Mi chinai indietro, abbastanza per guardare quello che stavo facendo e per meravigliarmi dell'enorme guerriero che fremeva nel palmo della mia mano.

Sentii il mio cuore accelerare mentre facevo scorrere le dita su di lui, esplorando le vene che si snodavano intorno alla sua lunghezza, la punta svasata e la fessura che perdeva già liquido come gocce di rugiada. Liberai l'altra mano per poterlo afferrare meglio. Le mie dita non arrivavano neanche fino in fondo. Il mio pollice giocò con la punta, e ne uscì bagnato. Senza pensarci, mi portai il pollice alla bocca e lo succhiai per bene.

L'intero corpo di Jarl ebbe un sussulto. «Juliet» gemette, reclamando la mia bocca. Il suo bacio mi bruciò dall'interno. Mi slanciai contro di lui, premendo i miei seni doloranti contro il suo petto, contorcendomi per stimolarli.

«Fammi vedere», implorai, senza fiato. «Fammi vedere come ti piace.»

Mi fece rotolare sulla schiena, sollevandomi su di me, con il cazzo in mano. Mentre lo guardavo, fece scivolare lentamente la guaina dalla sua presa su e giù finché il suo cazzo non saltò fuori. Mi alzai a sedere e toccai la punta bagnata, affascinata. Portai la mano destra sopra la sua, e lasciai che il mio braccio si muovesse insieme al suo.

«Ora tu.» Tolse la mano, modellando la mia sulla sua lunghezza turgida. La mia mano sembrava piccola e pallida al confronto. Facendo scorrere le dita su e giù, il mostro s'ingrossò sotto il mio palmo. Strinsi leggermente, e Jarl gemette. Abbassai la testa per leccare il fluido salato che fuoriusciva dalla punta e Jarl emise un'imprecazione.

«Ti ho fatto male?» chiesi.

«No», grugnì Jarl, ma la sua voce sembrava sofferente.

Fenrir emise una risatina. Il guerriero era ora sveglio e sdraiato sulla schiena, con un braccio appoggiato dietro la testa e l'altro che teneva tra le dita il suo cazzo ora duro. «Fallo di nuovo, Juliet. Lo ucciderà.»

Iniziai ad allentare la presa, e la mano di Jarl coprì la mia. «Non fermarti, ti prego.» Cominciò a muovere la sua mano insieme alla mia, finché non cominciai a masturbarlo più velocemente. I suoi fianchi si muovevano in modo irregolare, spingendo contro la mia mano. «Ah, Juliet... Continua. Continua, così, proprio così.»

Il primo schizzo di seme sul letto fu così improvviso che mi fece sobbalzare. Jarl mi spinse verso il basso e strinse la mia mano intorno al suo cazzo così forte che sembrò mungere lo sperma da sé, sul mio ventre nudo. «Sì», gemette, lasciando cadere la mano e spalmando il suo seme sulla mia pelle, sulle clavicole, tra i seni. Mi avvicinò un dito alle labbra finché non aprii la bocca e lo assaggiai. Il sapore amaro mi ricoprì la lingua.

«Vieni qui, piccola.» Fenrir si sdraiò. Strisciai verso di lui, e lui mi fece indietreggiare. «Sdraiati tra le mie gambe.» Quando lo feci, mi sollevò i capelli dal viso. «Adesso leccami. Con delicatezza. Senza denti.» Il suo cazzo era duro contro la mia gamba. Lo presi in mano e ci lavorai sopra con la bocca, facendo roteare la mia lingua sulla punta calda. Fenrir mi mise una mano tra i capelli, spostandomi la testa dove voleva lui. Feci del mio meglio per prenderlo tutto in bocca, il calore a riempirmi mentre la sua punta mi urtava la parte posteriore della gola fino a farmi soffocare. Mi vennero le lacrime agli occhi e lui le tolse via con delicatezza, mormorando parole confortanti, solo per costringermi a tenere la testa più in basso mentre le mie mani premevano sul letto. «Brava, proprio così.»

Mi fece sdraiare poi, mettendosi a cavalcioni sul mio petto, le sue grandi cosce a bloccare entrambi i miei lati. I muscoli si tesero mentre il suo cazzo mi si parava nuovamente di fronte alle labbra. Feci un respiro profondo e aprii la mia bocca a lui, lasciando che il suo cazzo mi scivolasse dentro e fuori. Lui mantenne una presa salda sui miei capelli, stringendoli abbastanza da pungermi il cuoio capelluto. Cercai di respirare e ingoiare il più profondamente possibile, e per quando lui si ritrasse, io stavo ansimando. Poi Fenrir afferrò con forza il suo cazzo tra le mani e riversò il suo seme sui miei seni. Il mio petto si alzava e abbassava velocemente mentre, proprio come Jarl aveva fatto prima, Fenrir lo spargeva sul mio petto. Una sorta di battesimo. Ero impregnata della loro essenza, rivestita di essa.

«Cosa vuoi, Juliet?»

Jarl s'inginocchiò accanto a me. Il suo membro sporgeva ancora dal nido di peli scuri tra le sue gambe. La mia stessa figa pulsò a quella vista.

«Te» sussurrai. «Voglio te.» Poi spalancai le gambe.

Jarl m'incatenò una caviglia con la sua grande mano. «Sei

sicura di volerlo?» Mi fece girare, poi schiaffeggiò le mie natiche con forza. Presi a contorcermi mentre lui e Fenrir s'inginocchiavano ad entrambi i miei lati. A turno mi sculacciarono finché il calore inondò il mio sedere e il mio sesso, poi mi fecero tornare di schiena. Il corpo di Fenrir mi coprì subito, e io mi avvicinai per afferrare le sue spalle tra le dita. «Vi voglio.»

«Se ti prendiamo, Juliet, non si torna più indietro.» Fenrir dondolò su di me, strofinando la sua lunghezza tra le mie labbra inferiori. Avvolsi le gambe attorno ai suoi fianchi, attirandolo più vicino, implorando di averne di più. «Non ti lasceremo più andare.»

«Non lasciatemi andare, allora» dissi. «Appartengo a voi.»

JARL

*J*uliet giaceva ansante nella pelliccia. Il suo piccolo corpo brillava della lucentezza perlacea del nostro seme. Portava il nostro odore dalla testa ai piedi. *È giusto che sia così*, sussurrava la Bestia all'interno, e aveva ragione.

Fenrir si allungò su di lei, il suo cazzo che toccava la sua entrata. Il calore arrossava le guance della nostra piccola suora. I suoi riccioli scuri erano attaccati alla sua pelle sudata. Tra le gambe, la pelle era rosa scuro e gonfia per tutte le attenzioni che le avevamo riservato. Non era mai stata più bella di così.

È piccola, avrà difficoltà a prenderci, mi disse Fenrir da mente a mente.

Lo farò io per primo, fratello, se tu hai paura.

Fenrir mi lanciò un'occhiata e io gli mostrai i denti. Il calore mi inondò il corpo, la pelle pizzicò. Il pelo mi increspava la schiena e le braccia: la Bestia stava per prendere il sopravvento. Dovevamo scopare la nostra compagna, e in fretta.

Fenrir si sedette sulle ginocchia sopra la nostra piccola, e sondò con le dita la sua entrata.

«Così piccola e stretta.»

Juliet ringhiò, alzando con forza i fianchi. «Fallo», disse.

Fenrir rabbrividì. Anche il suo controllo stava venendo meno.

«Farà male, piccola.» La sua voce ora era gutturale, inumana.

«Io sono forte. Posso prendere tutto.» Juliet mosse il suo corpo contro le dita di lui.

Con un movimento fluido, Fenrir allungò di nuovo il suo cazzo su di lei e si abbassò per aprirla e farsi accogliere. Un fremito attraversò il suo grande corpo mentre si lasciava andare dentro di lei. Una pausa, durante la quale sia Juliet che Fenrir si fissarono e poi presero a guardare l'erezione enorme di Fenrir che lentamente impalava le sue pieghe delicate. Fenrir si ritrasse, e Juliet lo strinse più forte, così forte da far uscire sangue con le sue unghie.

Con il volto teso per la tensione, Fenrir si avvicinò di nuovo alla sua entrata.

«Dammelo» ordinò Juliet.

«Pazienta, piccola…»

«No», ringhiò lei. «Ho aspettato abba—»

Di colpo, Fenrir fece scattare i fianchi in avanti, spingendo il suo cazzo completamente dentro di lei. Juliet urlò, aggrappandosi alle sue spalle.

«Aspetta» borbottò Fenrir. «Mettiti meglio. Sono dentro di te. Mi senti, Juliet?»

Juliet si lasciò andare contro di lui. I suoi denti cercarono la sua spalla e quando riuscì a trovarla, raschiò i denti sul muscolo del petto e morse. Fenrir ruggì, spingendosi contro di lei con forza, facendola gridare, facendole spingere le unghie più forte contro la sua pelle.

«Ci sono quasi» ringhiò lui. «Un po' di dolore e non farà più male» giurò, affondando i denti nella spalla sinistra.

Juliet urlò e il dolore sfrigolò ai margini della mia stessa consapevolezza. Il dolore mi lavò la mente. La Bestia andò via, soddisfatta. Le zanne ancora mi pulsavano in bocca.

È tutto a posto, fratello. Sei stato bravo.

E adesso sarebbe toccato a me. Avrei stretto la sua piccola forma tra le mie braccia e sarei sprofondato nella sua morbidezza. Avrei reclamato la sua innocenza. E l'avrei marchiata, in modo che nessuno mai avrebbe sentito il bisogno di chiedersi a chi appartenesse.

A MALAPENA sentii Fenrir spostarsi e Jarl prendere il suo posto sopra di me. Il mio corpo era aperto, si dispiegava come un fiore, e non ci volle nulla per me allargare le gambe e accogliere Jarl dentro il mio corpo. Lui si sostenne con le braccia tatuate ai lati della mia testa. Mentre scivolava dentro di me, si piegò e affondò i denti sulla mia spalla destra, dandomi un morso simile a quello di Fenrir, ma dal lato opposto.

È fatta. La voce salì dentro la mia coscienza. Una presenza che sembrava aleggiare ai margini dei miei pensieri. Jarl e Fenrir. E, oltre loro, una forma scura più grande del Cielo, un'oscurità che cancellava tutto quello che toccava. La Bestia.

Mi allontanai di scatto e mi ritrovai sul letto di schiena, ingabbiata dall'enorme corpo di un guerriero.

Un ringhiò tuonò fuori dal petto di Jarl. Gli artigliai la schiena, segnandolo a modo mio. La mia visione si riempì di vortici dalle forme scure della sua pelle inchiostrata mentre lui continuava a lavorare sul mio corpo. Il suo petto e il suo addome si flettevano in un movimento ipnotico. Dove i tatuaggi s'interrompevano, iniziava una linea scura di peli che scendeva fino al nido scuro e croccante intorno al suo cazzo. Mi abbassai e toccai il punto in cui i nostri corpi si univano. Lui mise la sua mano sulla mia e strofinò, trovando in me un punto che scatenò dolore bianco. Un lampo che mi percorse le gambe. Gridai, precipitando di nuovo in quel luogo oscuro della mia mente dove la Bestia si sollevava, pronta ad inghiottirmi per sempre. Ero consumata, l'oscurità ormai su di me. Ma non sentivo altro che piacere. Il climax mi fece perdere la testa. Aprii la bocca, ma le mie urla sembrarono inghiottite dalla notte.

Juliet? Mi chiamarono le voci di Jarl e Fenrir.

Sono qui. In qualche modo, ero ancora viva.

Torna da noi.

Mi afferrai ai loro sussurri rassicuranti come fossero un laccio, e lasciai che mi trascinassero di nuovo in superficie, nella mia coscienza. Due volti preoccupati d'improvviso mi sovrastavano.

«L'ho vista. La Bestia.»

«Non è mai lontana. Ma non ti farà del male.»

«Lo so.» Da quando li conoscevo, non avevo mai provato paura né di loro, né della Bestia. Avevo sempre saputo che con loro ero al sicuro. Avevo visto il loro peggio, la Bestia, e sapevo che non mi avrebbe mai fatto del male; al contrario, avrebbe fatto di tutto per proteggermi.

Jarl e Fenrir fecero a turno per accoppiarsi con me. Ancora e ancora, fino a note fonda. I formicolii presero a diffondersi sotto la mia pelle, ravvivando il mio corpo dolorante. La magia che li rendeva mostri rendeva me, in qualche modo, completa.

Sei la parte migliore di noi, mi sussurrano nella mente i guerrieri, ancora e ancora. Rimanemmo aggrovigliati insieme fino a quando non sorse il sole. Quando la luce fece capolino sul mondo, mi addormentai tra le braccia dei miei guerrieri.

JULIET

*M*i risvegliai da sola, nella scarsa luce. Jarl e Fenrir dovevano essere andati a prendere della legna, oppure a cacciare del cibo. Non sapevo se fosse crepuscolo o alba, né se avessi dormito un giorno oppure un anno intero. Il dolore tra le gambe mi ricordò cos'avevo fatto.

Mi alzai a sedere, cercando di domare i miei capelli, ma erano troppo aggrovigliati. La mia vesta era sparita, strappata in pezzi. Ero nuda, scalza, fredda. Il letto era ancora caldo dei corpi dei guerrieri, ma io non potevo tornare lì. La bellezza della notte che avevamo passato insieme era appena andata in frantumi nel momento in cui avevo aperto gli occhi.

Che cosa avevo fatto? Avevo alla fine infranto i miei voti.

Uscii dalla capanna barcollando. Non appena misi piede fuori, le piante dei miei piedi vennero graffiate dal freddo pungente del terreno. Io accolsi il dolore, come punizione per ciò che avevo fatto. Tutto il bagliore, il calore che mi aveva riempito da capo a piedi la punizione che gli uomini mi avevano dato era sparito, lasciandomi vuota e arida dentro. Tutto il buono era andato via; al suo posto era rimasto l'incubo. Ero rimasta io.

Mi lasciai cadere a terra, portandomi le mani al viso. Tutto il dolore che avevo dentro si riversò fuori in lacrime amare.

Jarl mi trovò lì, accovacciata a piangere nel fango. Imprecò, lasciò cadere la legna che aveva raccolto per terra e si precipitò ad avvolgermi nella sua mantella prima di riportarmi dentro. Mi fece sdraiare sul letto, allontanandosi da me solo per accendere il fuoco.

Mi strinsi nel mio corpo, piangendo mentre lui faceva avanti e indietro. Un'ondata di magia, e percepii la forma oscura della Besta che si aggirava da un lato all'altro come un animale selvatico vicino ad una caverna.

Fenrir tornò poco dopo, dissolvendosi nell'ombra. Lui era normale. Sentì l'attrazione della Bestia, ma non vi cedette. Sistemò una coppia di conigli che aveva cacciato su una pietra accanto al fuoco, muovendosi lentamente per non spaventare né la Bestia né me.

Che cosa è successo? Chiese a Jarl mentre gli passava accanto.

Ci sta rifiutando. Crede di aver peccato.

«Calmati, fratello.»

Non può lasciarci! Sentii ruggire Jarl.

«Non lo farà» disse Fenrir, mettendosi tra me e il fuoco. Dopo un po', il suo peso affondò sul letto accanto a me. «Vieni, Juliet.»

Lo spinsi via, ma lui mi sollevò sulle sue ginocchia. Aveva cibo e da bere, e affrontò la mia resistenza con calma e pazienza.

«Ora,» disse, quando ebbi mangiato e bevuto in abbondanza, «dimmi perché sei così sconvolta.»

«Non sono più Juliet» dissi con voce vuota. «Sono un'altra persona.»

«No», mi assicurò lui, baciandomi una spalla. «Sei sempre tu.»

«Sono spezzata.» Spinsi indietro i miei capelli disordinati, ma tornarono sul mio viso. Fenrir si spostò dietro di me. Con mani pazienti, mi raccolse i capelli e cominciò a spazzolarne delicatamente le ciocche.

«La Badessa aveva ragione.» La mia voce s'incrinò dal dolore. «Sono una creatura selvaggia e sporca.»

«Sei nata selvaggia, forse, sì. Ma sporca non lo sei.» Fenrir si chinò, baciandomi la spalla. «Abbiamo sciolto i legami che ti tenevano incatenata. Adesso sei libera, Juliet.»

«Come puoi dire che sono libera?» Portai una mano sul petto, strofinandolo. Non mi sentivo per niente libera. Sentivo un grande peso nel petto, come pietre sul cuore.

Perché senti questo senso di colpa? Mi chiese Jarl direttamente dentro la mia mente. *Il tuo sacerdote ti avrebbe fatto patire una pena ben peggiore.*

«Forse me lo meritavo, perché sono malvagia!» urlai.

«Così continui a dire. Ma io non te non vedo alcuna cattiveria, alcun peccato. Dove sono le prove che sei tanto sbagliata quanto dici?» Mi prese la mano quando presi a raschiare con le unghie il mio petto, chiudendola dentro la sua, enorme. Mi sedetti sul suo grembo, fremendo come un coniglio in trappola.

«La prova sta nel fatto che sono stata a letto con due uomini.»

«Ma ti abbiamo costretta, ricordi? Non avevi scelta.»

Non era per niente vero, e lo sapevamo tutti. Ma non avevo il coraggio di dirlo. «Non ha importanza.»

«Juliet», sospirò Fenrir. «Guarda Jarl.»

Il guerriero tatuato si era completamente trasformato in Bestia, ora. Il mostro gigante riempiva l'ingresso. La cima della sua testa piena di pelo quasi toccava l'architrave. La schiena tesa, inarcata, come se da un momento all'altro fosse pronta ad allungare il muso verso l'alto e ululare.

«Digli di tornare da te» ordinò Fenrir.

Io dischiusi le labbra e Fenrir infilò due dita dentro la mia bocca, facendomi tacere.

Non con la tua voce, mi spiegò nella mente.

Jarl, pensai intensamente. C'era un mostro nella mia mente, una forma oscura e rabbiosa. Ferita, abbandonata. Sentii il mio cuore spezzarsi. *Torna da me, Jarl.*

Sotto i miei occhi la bestia si raddrizzò, la pelliccia scomparve, lasciando una mascella pulita e il naso affilato di Jarl. L'uomo emerse dalla forma mostruosa. Le ultime volute della pelliccia svanirono sotto i segni scuri dei suoi tatuaggi, il suo petto liscio. Si stiracchiò, nudo, e sorrise quando mi sorprese ancora a fissarlo.

«Vedi?» mormorò Fenrir. «In tua presenza, la Bestia si placa.»

Jarl raccolse la porta di fortuna da terra e la riportò contro l'entrata, bloccando il freddo della notte dall'entrare all'interno. Tornò a letto e si distese accanto a me, afferrando la mia mano e stringendola con forza. Io ricambiai la presa, studiando le sue dita alla ricerca di qualsiasi traccia di artiglio o pelliccia, ma non ce n'era alcuna.

«Domato dalla tua voce» disse Jarl. Sembrava quasi compiaciuto, ma non ne capivo il motivo.

«Tu ci hai fatti tornare integri» mi disse Fenrir, facendomi scivolare dal suo grembo per potermi stendere tra loro. «Hai questo potere, Juliet. Perché lo vuoi negare?»

Scossi la testa. Ero così stanca… «Il sacerdote ha detto…»

«Quel prete è morto» ringhiò Jarl. In quella frase sentii ancora la Bestia. «Thorbjorn l'ha ucciso.»

Fenrir afferrò il mio braccio. «Il prete è stato punito per i peccati che ha commesso contro Sage, dal suo compagno Thorbjorn. Quell'uomo era malvagio, Juliet. Non era casto e puro. Ha infranto le stesse leggi che con tanto zelo cercava di predicare con voi.»

È vero? Cercai i volti di Fenrir e Jarl, ma non avevo davvero bisogno di scavare nelle loro menti per credere alle loro parole. Avevo i miei ricordi del periodo in cui ero nell'abbazia. Prima come orfana, poi come monaca. Vivevo secondo regole di povertà e castità, ne sopportavo il peso e ne ero stata spezzata. Eppure, l'uomo che non aveva mai perso neanche un'occasione di urlarmi contro quanto fossi peccatrice si era macchiato egli stesso di peccati spregevoli.

Il mio volto cadde. «Tutto ciò che ho sempre saputo non è altro che una menzogna.»

«Lo era, piccola. Ma adesso sei libera.»

«No», gemetti, il dolore al petto ancora una volta forte. «Non so come si vive una vita libera.»

Fenrir si sedette. Rimase a lungo in silenzio, come a ponderare le mie parole.

«Allora ti legheremo a noi. In un modo o nell'altro.»

Sognai un mostro che ruggiva nella foresta. La forma scura si precipitava sul confine magico ai piedi della montagna. I corpi nemici gli si avventavano contro, cadendo, gli arti spezzati come rami secchi e l'odore di carne putrida tutt'intorno a lui, fino a soffocarlo.

Mi risvegliai di soprassalto, artigliando l'aria alla luce del sole. Senza guardarmi intorno, sapevo che Jarl era andato via. Il fuoco era ormai quasi estinto. Per un attimo sentii il timore che entrambi i guerrieri mi avevano abbandonata, ma poi Fenrir venne al mio fianco.

«Vieni, Juliet. Il sole è alto nel cielo.»

«Dov'è andato Jarl?» chiesi mentre mi stringevo dentro la pelliccia. Il mio corpo era ancora tremante, come si aspettasse che il nemico scattasse fuori da un momento all'altro.

«È andato avanti per liberare la strada per noi.» Fenrir mi portò di fronte un nuovo vestito. Lo toccai prima di riuscire a fermarmi, stupita dal capo di lana pregiata. Era di un ricco color porpora, un colore troppo fine per un semplice contadino. Troppo bello anche per un'orfana diventata suora. Non che ai Berserker importasse da dove venissi. Mi avevano portato un abito degno di una regina, ed era solo giusto che lo indossassi. Avevano fatto a pezzi tutti gli altri miei vestiti, del resto.

«Cosa significa che Jarl ci sta spianando la strada?» chiesi allora mentre mi vestivo.

«Vedrai.»

Fenrir tirò fuori dal nulla un paio di stivali foderato di pelliccia, inginocchiandosi poi per mettermeli ai piedi. Mi tirò su e fece scorrere le mani sul mio corpetto. Le sue dita accarezzarono la lana, ma io mi sentii tremare come se stessero toccando la mia pelle nuda. Il mio corpo fremeva sotto il suo tocco, una melodia che solo lui sapeva suonare.

Tolse le mani troppo presto. «Vieni. Oggi ce ne andiamo.»

«E dove andiamo?» chiesi, muovendo le dita dei piedi dentro i miei stivali nuovi.

«Vedrai» ripeté, sorridendo, e io non riuscii a fare a meno di restare scioccata a quella vista. Non lo avevo mai visto sorridere, prima.

Con l'aiuto di Fenrir, mi intrecciai i capelli in una folta treccia. Lui si mise in spalla un grosso zaino, aggiustandosi poi la cintura, controllando che avesse il lungo coltello e l'ascia legati in vita. Poi mi prese per mano e mi condusse fuori dalla capanna per affrontare la giornata. Girammo per il sentiero di montagna, ma invece di evitare le linee di confine, mi guidò dritto verso esse.

Non c'era traccia degli Uomini Grigi, gli esseri morti che

il Re dei Morti aveva creato per il suo esercito. Ma il mio stomaco continuava a ribaltarsi man mano che ci avvicinavamo sempre di più al lasciare la linea protettiva delle streghe.

«È sicuro?» chiesi, avvicinandomi alla linea di confine tra il prato vivo e la fanghiglia dove molti Draugr avevano camminato.

«Lo è adesso.» Fenrir mi afferrò la mano e nell'altra tenne stretto il suo coltello. «Ma dobbiamo sbrigarci.» Mi strattonò oltre il confine. Sentii la magia rotolare sul mio viso, come avessi appena attraversato una cortina d'acqua. Riaffiorammo sull'altro lato, ansanti.

«Corri» disse poi Fenrir, sorridendo ancora, come fosse un gioco. Era impazzito? Corremmo verso gli alberi. I miei piedi battevano sul terreno, e i miei nuovi stivali erano proprio buoni.

Raggiungemmo la linea degli alberi, ma neanche lì ci fermammo. Non mi permise di rallentare che quando fummo immersi in un boschetto di pini.

«Dove sono i Draugr?» chiesi.

«Jarl li ha allontanati.»

Jarl? Trasalii per la paura. Ma nel momento stesso in cui il suo nome affiorò nella mia mente, la sua voce riempì il silenzio.

Sono qui, piccola. La voce era quella della Bestia, e mi portò alla mente un'immagine. Si trovava in una radura, appoggiato a un'ascia a due teste. Ai suoi piedi c'era un mucchietto di ossa. Gli Uomini Grigi, distrutti.

Ce ne devono essere altri. Sento un'altra grande forza che sta marciando per circondare la montagna. Ma la strada di fronte a voi adesso è libera.

«Vieni, Juliet.» Fenrir si scrollò lo zaino di dosso, si accovacciò, e mi fece salire sulla schiena. «Metti le braccia intorno al mio collo e stringiti forte. Abbiamo ancora leghe da percorrere, e dobbiamo tornare a casa prima che faccia buio.»

Mi aggrappai con forza a lui, avvolgendo le gambe intorno alla sua vita e le braccia intorno al suo collo. Lui mi strinse forte e poi partì. Andammo così veloci che intorno a me la foresta si confondeva.

Viaggiammo così, alla velocità Berserker, per diverse ore. Fenrir non si fermò mai, e sembrò incapace di stancarsi.

«Mi dici dove stiamo andando?» chiesi quando mi fece scendere per poter bere da un ruscello d'acqua e sgranchirmi le gambe per un po'.

«No. Altrimenti che sorpresa sarebbe?» rispose lui, sollevandomi di nuovo.

«Almeno dimmi quanto manca!» brontolai allora.

«No. Raccontami una storia» ordinò invece, mentre cominciava ad avviarsi.

«Una storia? E su cosa?» Chiusi gli occhi quando gli alberi ricominciarono ad accartocciarsi gli uni agli altri al nostro passaggio.

«Qualsiasi cosa. Su di te.»

Mi morsi il labbro. Non avevo storie affascinanti da raccontare, ma spesso avevo raccontato loro storie delle orfane.

«C'era una volta un prete di nome Jonah, che era un profeta. Ma scappò da Dio, e cercò di fuggire navigando attraverso il mare...»

Il sole era alto nel cielo quando arrivammo a un prato pieno di fiori e lui mi fece scendere definitivamente. La mia voce era rauca, colpa di tutto quello che avevo detto. Avevo raccontato la storia di Jonah e della balena, di Noè e dell'arca, di Balaam e dell'asino, di Gideon e del suo esercito. A Fenrir erano piaciute soprattutto le storie di guerra.

Inarcai la schiena e feci oscillare le braccia, sciogliendo i muscoli tesi. Fenrir mi aveva fatta scendere sotto un mucchio di campanule. Mi chinai per raccoglierne una e, quando mi raddrizzai, una grande forma scura uscì dall'ombra.

Era Jarl. La luce del sole scivolava sulle sue spalle nude mentre si avvicinava a me. Indossava un paio di calzoni logori, e teneva in mano uno scudo e un'ascia a due teste. Ma era un uomo, a tutti gli effetti. Tirai un sospiro di sollievo quando posò l'arma e prese la mia mano.

«Ho sognato che eri un mostro.»

«Io sono un mostro.» Baciò le mie dita fredde, accarezzandole, riscaldandole con il suo respiro. «Ma più di tutto sono tuo.»

«Ti sei perso le storie» dissi, ritraendo la mano.

«No, non l'ho fatto. Fenrir le ha condivise con me. Quella di Gideon era la più bella.» Jarl mi fece l'occhiolino e fece un passo indietro mentre Fenrir si avvicinava.

«Bravo» lo salutò, lanciando a Jarl un paio di stivali e una giacca di cuoio. Jarl si vestì rapidamente. La giubba era nuova, e così anche gli stivali, ma l'uomo ben vestito che li indossava era appena più civile del guerriero seminudo che era uscito dal bosco. Soprattutto quando aveva lo scudo e l'ascia legati alla schiena.

«Ti piace combattere?» chiesi.

«Sì.» Jarl mi prese nuovamente la mano.

«È per questo che sei diventato Berserker?»

«Sì», rispose ancora, ma stavolta più sobrio. «Ma non è proprio lo stesso.»

Inarcai la testa di lato. «In che senso?»

«Adesso abbiamo un vero motivo per cui vale la pena combattere.» Mi strinse a sé, afferrando la base della mia treccia. Mi baciò, la sua barba a raschiarmi il viso. Affondò la lingua dentro la mia bocca, saccheggiandola. Quando mi liberò per farmi prendere aria, io ero senza fiato.

Fenrir si schiarì la gola a voce alta. «Non qui, fratello. Non ancora.»

Aggrottai la fronte, chiedendomi a cosa si riferisse, ma Jarl rise e mi lasciò andare. «Andiamo avanti, Juliet.»

Anche Fenrir adesso aveva addosso una giubba, gli stivali e i calzoni, ripuliti dal fango. Si era legato i capelli. Con un sorriso, passo le dita sulle mie labbra, poi raccolse le campanule che mi erano cadute di mano e ne infilò una di getto dietro il mio orecchio.

«Cosa sta succedendo?» chiesi. Entrambi i guerrieri sorrisero, ma alla mia domanda strinsero le labbra. Mi stavano nascondendo qualcosa.

«Vedrai» disse Fenrir, facendo cenno di seguirli. Prese la mia mano destra, e Jarl prese la sinistra.

«È una sorpresa.»

«Ma almeno mi piacerà questa sorpresa?»

«Sì. Beh… lo speriamo, almeno.»

Sospirai e mi lasciai trascinare dai due. Quando uscimmo fuori dal prato, la loro eccitazione mi schiacciava, ed io non potei fare a meno di camminare felice tra loro. Arrivammo a una radura che ospitava una piccola capanna di pietra. I miei passi rallentarono, confusa, ma Fenrir e Jarl mi guidarono dritto verso essa.

«Sì? Chi c'è?»

Un uomo uscì di corsa, indossando abiti da monaco. Il suo petto tonsurato brillava alla luce.

«Padre. Siamo qui per pronunciare i nostri voti» disse Fenrir con la sua voce profonda. Mi prese il braccio e mi trascinò accanto a sé. Spalancai la bocca, e così fece anche il frate. I suoi occhi spalancati osservarono i due enormi guerrieri: le loro vesti rozze, le loro armi lucenti.

«Per… unirvi nel santo matrimonio?»

«Sì», confermò Jarl, inarcando un sopracciglio verso la piccola cappella. «Desideriamo sposarci secondo la tradizione del vostro Dio.»

Il frate boccheggiò, poi sbottò: «Ma certo, ma certo. E siete stati battezzati dalla Santa Chiesa?»

«Sì», mentì Jarl.

Io dovetti aver emesso un qualche suono, perché la mano di Fenrir si strinse con forza alla mia.

«Ma se la risposta fosse negativa,» cominciò Fenrir, «ci negheresti i voti?»

«Beh, ehm…» cominciò a balbettare il frate. «Sono autorizzato solo ad unire due battezzati agli occhi di Dio.»

«Lei serve il vostro Dio» disse Fenrir, parlando per me.

«Sono battezzata» assicurai.

«Bene allora.» Il sacerdote si schiarì la gola. «Non dovreste essere legati in modo disuguale. Così dice l'apostolo Paolo.»

«Eh…» sbuffò Jarl. «Ma noi non abbiamo intenzione di sposarci separatamente.»

Sentii le guance prendere a bruciare dall'imbarazzo.

«Forse, padre… potreste fare un'eccezione?» chiesi a bassa voce.

«Forse, forse» convenne il frate, che aveva tirato fuori dal taschino un panno per asciugarsi il viso bagnato dal sudore.

Fenrir fece un passo avanti. Il frate rabbrividì quando vide il guerriero enorme alzare in alto un pugno, ma presto si rese conto che Fenrir teneva in mano qualcosa: un sacchetto di cuoio pieno di monete. In silenzio, Fenrir lo girò e lasciò cadere le monete. Tintinnarono a terra, un piccolo mucchietto d'oro. Il frate sbatté con forza le palpebre.

«Sì, si può fare» disse l'uomo, continuando a tamponarsi la nuca calva. «Volete entrare?»

Jarl fece una smorfia e abbassò la testa all'interno della porta della cappella per scrutare lo spazio buio e umido.

«No», disse, e io nascosi un sorriso. Le sue spalle sarebbero a malapena passate, sotto quella porta. Impossibile che i due uomini avrebbero potuto varcarla.

Sentii il mio sorriso vacillare poco dopo, però. Quale dei due guerrieri avrei sposato? Aveva importanza?

«Molto bene» disse il sacerdote, gli occhi ancora fissi sull'oro. «Un momento. Aspettate qui.» Scomparve dentro la piccola chiesa, tornando con una pesante croce d'oro in mano, una coppa di vino e un piccolo piatto contenente l'ostia. Li posò sul muro di pietra. «Volete iniziare subito?»

«Sì», rispose Jarl. La sua voce era lievemente un ringhio.

«Sì, grazie, padre» offrii io, liberandomi dalla mano di Jarl. *Non trasformarti in una Bestia.*

Jarl mi guardò, un luccichio dorato negli occhi. Fenrir era rimasto indietro.

Avevano già scelto. Avrei sposato Jarl.

«Molto bene.» Il sacerdote era praticamente in preda all'eccitazione. «Per prima cosa, devi confessare i tuoi peccati ed essere assolto.» Si rivolse a Jarl, facendo cenno al guerriero di allontanarsi da me di qualche passo per poter avere della privacy con lui.

Jarl non si mosse. «Ma quali peccati?»

«Tutti quanti.» Il sacerdote tornò di corsa davanti a noi quando capì che il guerriero non aveva alcuna intenzione di seguirlo. «Quanto tempo è passato dalla tua ultima confessione?»

«Molto, molto tempo» disse Jarl lentamente, accarezzandosi la barba.

«Decenni, come minimo» ridacchiò Fenrir, e io mi accigliai.

«Non c'è problema» lo incoraggiò il prete. «Puoi riassumerli.»

Jarl si stava ancora strofinando il mento barbuto. «Quali sono esattamente i peccati?»

Il prete sgranò gli occhi. «Beh…» disse, dopo una pausa. «Ci sono molti tipi di peccati.»

«Potreste farmi un elenco?»

«Beh, innanzitutto ci sono i peccati gravi: adulterio, fornicazione, impurità, lascivia, idolatria, stregoneria, odio, discordia, emulazioni, ira, contese...» S'interruppe quando Jarl prese ad annuire.

«È tutto?» chiese Fenrir.

«Ehm, no. Ci sono anche eresie, invidie, ubriacatezza...»

«Questo l'ho fatto di sicuro» disse Jarl.

«I bagordi...» La voce del prete vacillò un po'. «Omicidio...»

«Anche quello» assicurò Jarl, nello stesso momento in cui Fenrir chiese, «E la guerra?»

«La guerra?» ripeté il sacerdote, tamponandosi di nuovo la fronte.

«Beh, abbiamo ucciso molti uomini, ma in guerra. Anche la guerra è un peccato?»

Fenrir si strofinò il mento, come fosse davvero curioso della risposta. Il frate sembrava pronto a svenire.

«Non importa» scrollò poi le spalle Jarl. «Sono parecchio certo di aver ucciso qualche uomo anche al di fuori della battaglia, così, per divertimento. Quindi sono tutti peccati?»

Il frate si leccò le labbra. «Beh... no. Quelli sono solo i più gravi. Ci sono anche i vizi. Orgoglio, avarizia, invidia, ira, lussuria...»

Jarl agitò una mano. «Credo sarebbe più semplice dire che li ho commessi tutti.»

«Non abbiamo molto tempo» aggiunse Fenrir.

«VA bene, va bene.» Il frate non sembrava voler fare altro che tornare a rintanarsi dentro la sua chiesa, e come biasimarlo? Si allontanò ed afferrò la croce, sollevandola e agitandola tra lui e il guerriero tatuato. «Ti assolvo. Nel nome del Padre, del Figlio e dello Spirito Santo.»

Posò poi la croce, prese la ciotola e spruzzò l'acqua santa su Jarl, che fece una smorfia e se ne liberò subito.

«Che cos'è?» mi chiese Fenrir, chinandosi verso di me.

«Acqua santa» risposi io sottovoce. «Serve a simboleggiare il lavaggio dai peccati.»

«Meglio usarla tutta» mormorò Fenrir, ed io ridacchiai.

«Ora.» Il sacerdote si rivolse a me e il suo tono si addolcì di colpo. «Vuoi confessare i tuoi peccati, bambina?»

«No», rispose Fenrir per me, impedendo al sacerdote di avvicinarsi. «Lo ha già fatto.»

«Ed è stata assolta» aggiunse Jarl. Il suo sorriso mi fece perdere la testa nel calore che ne provocò.

«Mi sono già confessata, padre» lo rassicurai.

«Per lei non c'è voluto così tanto. Non pecca mai» disse Jarl.

Il frate sospirò. Si girò di spalle, prese il calice e la croce e cominciò a borbottare in latino.

«Che sta facendo?»

«Sta celebrando il sacramento» sussurrai. Aspettammo in silenzio che il sacerdote finisse. Consacrò l'ostia e tenne il calice e il piatto sopra la testa, poi si voltò verso di noi quasi con riluttanza.

Offrì il calice prima a Jarl, pronunciando altre frasi in latino.

«Il sangue della nuova alleanza», tradussi per loro.

«Sangue?» ringhiò Jarl. Poi afferrò la coppa e annusò.

«Sì, il sangue di Nostro Signore Gesù, che ha dato la vita per noi» farfugliò il sacerdote.

Stai calmo, ordinai a Jarl in silenzio. *Non farlo arrabbiare.*

Jarl e Fenrir non mi avrebbero mai fatto del male, ma non avrei mai potuto dire con la stessa certezza che lo stesso sarebbe stato per il sacerdote.

«Non sento odore di sangue.» Jarl sembrava ora più curioso che disgustato. Bevve un sorso. Gli tolsi la coppa prima che potesse svuotarla tutta.

«E questo è il corpo di Cristo, per voi» proseguì il sacerdote, offrendo in fretta il piatto contenente l'ostia.

«Il corpo? Intendi dire la carna?» La voce di Jarl era denso, un ringhio. «Mangiate la carne del vostro Dio?»

«E poi il problema siamo noi pagani» sussurrò Fenrir.

Il sacerdote starnazzò qualche parola che non riuscii a comprendere. Presi l'ostia e la infilai nella bocca di Jarl, che si spaventò, dapprima, ma poi lasciò che lo imboccassi. Lecco persino le briciole dalle mie dita, finché le mie pareti interne non si strinsero di colpo.

Lo spinsi poi indietro per poter prendere la mia parte di ostia. Prima che potessi restituire il calice al sacerdote, però, Fenrir lo afferrò e lo svuotò.

«Vino» disse come se se lo aspettasse, gettando il calice per terra. «Il sangue ha un sapore diverso.»

Chiusi gli occhi.

Il frate parlò per il resto della cerimonia molto velocemente, fermandosi a malapena per accompagnarci nelle nostre promesse. Non avevo assistito a molti matrimoni, ma ero certa che durassero più di così. Forse le armi scintillanti dei Berserker lo intimorivano.

Alla fine, agitò la croce davanti a noi e ci cosparse entrambi di acqua santa, per buona misura.

«Fatta?» ringhiò Jarl. «Siamo sposati?»

«Sì», rispose il sacerdote, facendo un cenno del capo. «Che il Signore vi benedica e vi protegga…»

«Bene» disse Jarl, avvicinandomi per concludere il bacio che aveva iniziato nel boschetto. Le sue grandi mani mi afferrarono il viso, e si lasciò andare contro le mie labbra fino a farmi perdere i sensi. Jarl si assicurò che fossi stabile sui miei due piedi quando staccò le sue labbra dalle mie, allontanandosi solo dopo aver dato un bacio sulla mia fronte. Fece un passo indietro, e Fenrir prese posto accanto a me.

«Ora tocca a me» disse.

«Cosa?» Il sacerdote guardò tra noi, confuso.

«È il mio turno. Desidero sposare questa donna. E tu pronuncerai i riti.»

Il sacerdote sussultò, e si strinse le braccia intorno al corpo.

Mi preoccupai per lui. «Fenrir…»

«Sh, piccolina.» Mi afferrò per il braccio, avvicinandomi a lui. «Voglio essere sposato con te anche io.»

Il prete ci guardava con bocca spalancata. «V-vuoi sposarla anche tu?»

«Sì.»

«Ma—» La protesta del prete gli morì in gola quando Jarl portò un coltello sul suo collo.

«Lo farai» gli ordinò.

«Jarl, lascialo in pace!» protestai io.

«Sh, Juliet.» Ancora con il coltello sul suo collo, Jarl staccò un'altra borsa di cuoio dalla cintura. Era gonfia, simile a quella di Jarl. La fece cadere, e da essa ne uscirono fuori altre monete d'oro.

«Jarl…» dissi. Il mio nuovo marito fece un passo indietro.

Il prete si sistemò la tonaca. La punta del suo stivale colpì il mucchio d'oro, che tintinnò. Fece una lunga pausa.

Poi sospirò e si raddrizzò.

Guardò me, prima di chiunque altro. «Sei sicura? Lo vuoi di tua spontanea volontà?»

Il mio cuore si riempì di calore.

«Sì, padre. Ne sono sicura. Lo voglio.»

«Va bene, allora. Che Dio mi perdoni, lo farò.»

Poi ci fece cenno di tornare entrambi davanti a lui, e presto ripetei le stesse promesse che avevo pronunciato precedentemente.

In meno di qualche secondo, ero sposata due volte.

FENRIR

*L*a nostra piccola sposa sembrava un po' stordita mentre la conducevamo lontano dalla piccola chiesa. Appena fuori dalla radura, le afferrai i capelli e la guidai verso il boschetto dove avevo lasciato il mio zaino.

Mi avvicinai per sussurrarle all'orecchio: «Da questa parte, piccola moglie.» E anche se non l'avrei mai creduto possibile, le sue guance si fecero ancora più rosse.

Quando raggiungemmo il boschetto, lei si allontanò da me, indietreggiando fino a quando non fu fermata da un cespuglio di campanule.

«È per questo che mi avete portata fin qui? Per potermi sposare in chiesa?»

«Sì. La cosa non ti ha resa felice?»

«Beh, sì. Ma...» Non continuò la frase. Si limitò ad aggrottare la fronte.

Scrollai le spalle. «Non ti avremmo dato scelta» le assicurai. «Non ti faremo mai andare via. Ti legheremo a noi in ogni modo possibile.»

Mi avvicinai per afferrarle la treccia, cominciando a scioglierla.

«D'accordo» disse solo, grattandosi la fronte.

Quando le sciolsi l'ultima ciocca, feci scivolare i suoi capelli sulle sue spalle.

«Vieni qui, piccola moglie. Ora» ordinò Jarl, e con un colpetto le feci cenno di andare da lui.

Lei ci andò, fluttuando, il suo vestito a trascinare insieme a sé i fiori sul terreno. Jarl teneva in mano un torc; un anello d'argento e d'oro intrecciato. Le sollevò i capelli per farglielo indossare intorno al collo sottile.

«Adesso tu ci appartieni in tutto e per tutto» le disse mentre la stringeva. «Hai capito?»

Lei annuì.

«Non hai più scampo.» Poi le sollevò il mento, e la baciò. Quando si staccò da lei, io stavo già aspettando.

«Hai l'olio?» mi chiese.

«Nello zaino» gli confermai. Povera piccola moglie. Avrebbe presto capito quanto davvero a fondo l'avremmo reclamata.

La avvicinai ad un albero. Avevo già liberato il mio cazzo. Fu facile per me sollevarla dai piedi, alzarle le gonne e trovare le sue pieghe umide. La strofinai per un attimo finché non vidi i suoi occhi andare indietro, in segno di beatitudine. Poi la sollevai e con forza la feci cadere sulla mia lunghezza. Juliet urlò quando la impalai del tutto. La poggiai sul tronco dell'albero, spingendo i fianchi avanti e indietro con violenza mentre la sua testa fluttuava, le sue ciocche a ricadere sulle mie spalle.

«Così, piccola. Prendilo.» La martellai con forza, spingendo dentro di lei ancora e ancora. Juliet era calda, stretta… perfetta. La lasciai venire una sola volta, tremante contro il tronco. Poi di nuovo, con la testa contro la mia spalla e il corpo privo di forze poggiato all'albero.

«Brava bambina» la lodai, baciandole il collo e facendola tornare sui suoi piedi. Io non mi permisi di venire. Non ancora. Avevo tutta l'intenzione di venirle dentro il culo.

«Tocca a me» disse allora Jarl, facendomi cenno di spostarmi e porgendomi una fiala piena d'olio. Piegò Juliet a novanta, facendola aggrappare al tronco con la guancia premuta contro la corteccia, poi la prese da dietro.

«Ah, sì! La mia ricompensa!» ringhiò mentre, con le mani sui suoi fianchi, la scopava ancora e ancora.

Feci il giro e le toccai le pieghe bagnate, il piccolo nodulo gonfio sopra la sua entrata, giocandoci mentre Jarl si muoveva dentro e fuori di lei. Questa volta, però, non la feci venire.

«Cambia posizione» dissi a Jarl, e lui annuì, tirando fuori il cazzo da lei, ormai lungo e bagnato dei suoi umori. Anche lui non era ancora venuto.

«Sdraiati su di me» le ordinò Jarl, attirandola verso il basso e stringendole un braccio intorno alla schiena in modo da tenerla completamente ferma. La posizione mi dava la possibilità di alzare il suo vestito per mettere a nudo il suo sedere.

Per un attimo fui distratto dalle sue due pallide mezzelune. Feci scorrere la mano sulla sua carne tenera e le diedi un sonoro schiaffo, ammirandone l'impronta rosa.

«Fallo ancora» ringhiò Jarl. Aveva le mani sui seni di Juliet, e stringeva con forza. «Le sue pareti si stringono di più intorno al mio cazzo, quando lo fai.»

«Portala più avanti» lo istruii io, poi mi versai un po' d'olio sul palmo della mano. Quando Juliet fu premuta contro il petto di Jarl, le sue natiche si aprirono naturalmente. Con la mano oliata accarezzai le sue natiche, poi lo portai sulla sua seconda entrata.

«Cosa state facendo?» strillò lei.

Io le diedi un altro schiaffo. «Sei la nostra compagna. Ti faremo ogni cosa vogliamo.»

«E quello che vogliamo è darti grande, grande piacere.»

Juliet prese a dimenarsi, come volesse allontanarsi. La sculacciai più forte. Jarl scoppiò a ridere, tenendola stretta per i fianchi.

Più Juliet ringhiava e artigliava Jarl con le sue unghie, più lui rideva soddisfatto e la stringeva con forza tra le sue braccia.

Finii di oliare la sua seconda entrata e, subito dopo, le penetrai il culo con un dito. Era caldo, bollente. Strettissimo.

Meraviglioso.

«Voglio sentire» disse Jarl.

Io annuii. Staccò Juliet dal suo corpo, tenendola comunque stretta per non farla scappare.

«A quattro zampe» ordinò, mettendola lui stesso come voleva e afferrando la fiala di olio quando gliela lanciai. Aiutai Juliet a restare in posizione, così che Jarl potesse far scivolare dell'altro olio sul suo buco.

«Fantastico. Così stretto da staccarmi il dito» disse Jarl. «Come faremo a farci entrare i nostri cazzi, qua dentro?»

«Io ho qualche idea» dissi, ma la verità è che al momento non ne avevo alcuna. Il mio cazzo era così duro da essere pronto a scoppiare. L'unica cosa che volevo era venire; non potevo più aspettare. Afferrai una manciata di capelli della nostra piccola suora, e guidai la sua bocca verso la mia asta. «Succhiami, ora» le ordinai. Il mio cazzo sbatté contro la sua bocca e le sue labbra si aprirono automaticamente.

«Brava bambina» la lodai, gemendo. «Prendimi in bocca come si deve, e ti prometto che non ti scoperò il culo in questo preciso momento.» Lo avrei fatto quando saremmo tornati a casa.

Juliet fece scivolare la testa su e giù sul mio cazzo, prendendomi più a fondo di quanto potesse. Le tenni i capelli

lontani dal viso e le mormorai piccole parole d'incoraggia-
mento, ma non le serviva davvero altro se non la minaccia
che le avremmo rovinato anche il culo.

Troppo presto, le riempii la bocca del mio seme. Juliet si
affogò, ma ingoiò tutto. Qualche goccia di seme scivolò fuori
dalle sue labbra, e io le riportai dentro la sua bocca.

«Ben fatto, piccola moglie.»

I suoi occhi erano oscurati dalla lussuria, le sue labbra
piene e arrossate dal mio cazzo. Non l'avevo mai vista così
bella.

Jarl si coricò ancora una volta per terra e lasciò che lei lo
cavalcasse mentre io le riempivo le natiche di segni rossi.
Venne con un ruggito, tenendola stretta poi al suo petto
quando io tirai fuori il piccolo plug di metallo che avevo
costruito. Lo riempii di olio e poi lo spinsi contro la sua
fessura fino a quando non si aprì per accettarlo dentro.

«Per quanto tempo lo dovrò indossare?» chiese, alzandosi
piano, spaventata.

Il suo viso era persino più rosso delle sue natiche.

«Fino a quando non torneremo alla loggia. Poi faremo a
turno per scoparti il culo fino a quando non avrai imparato a
venire con il tuo piccolo ano pieno dei nostri cazzi.»

Juliet tremò. Afferrai la coda del plug e la tirai, poi la
spinsi nuovamente dentro. Ripetei questo movimento ancora
e ancora, poi allungai le mani per vedere quanto fosse
bagnata.

Era fradicia.

«Tu sei nostra. La nostra piccola moglie. Non ti faremmo
mai del male, Juliet. Ma ti reclameremo per sempre» le
promisi.

Poi la facemmo distendere sul terreno, e divorammo la
sua figa fino a quando l'intero boschetto era pieno di nien-
t'altro che delle sue urla.

~

Juliet

Per tutto il viaggio di ritorno al nostro rifugio, il plug dentro il mio sedere sembrò farsi sempre più grande e grosso. Camminavo goffamente, e quando Jarl e Fenrir facevano a turno per prendermi in braccio e portarmi più velocemente, più di una volta avevo dovuto cambiare posizione per evitare il fastidio. Loro mi scoccavano sorrisetti soddisfatti e consapevoli ed io non potevo fare a meno di arrossire, sapendo che sapevano bene quale fosse il motivo del mio disagio.

La mia figa era completamente fradicia e piena del loro seme.

Ero stata reclamata a fondo, completamente, in modi che mai avrei pensato possibili. I Berserker avevano promesso di domarmi e dominarmi, e l'avevano fatto.

Ero sposata. Il peso sul mio petto era sparito del tutto. Mi sentivo ancora un po' vuota, ma... era una bella sensazione. Le mie viscere erano state ripulite. Se nel mio cuore c'era sempre stato un giardino, le radici profonde e piene di qualcosa di oscuro e velenoso che per anni avevano vissuto all'interno erano state strappate via, e ora c'era ampio spazio per far crescere qualcosa di nuovo, di più puro.

Mi appisolai tra le braccia di Fenrir durante l'ultima piccola tappa del nostro viaggio e, quando entrammo nella baita, avevo già riaperto gli occhi ma ero ancora assonnata.

Fenrir mi poggiò sul letto e poi andò ad aiutare Jarl ad accendere il fuoco. Mi poggiai su un solo fianco, per alleviare la sensazione del plug. Non bruciava più, ora, ma sentivo il mio buco allargarsi in maniera strana intorno ad esso. Ogni tanto si stringeva, e mi tornava in mente tutto quello che era accaduto nel pomeriggio.

«Vieni, Juliet.» Fenrir mi liberò del mio vestito e degli stivali. Restai nuda di fronte a lui, con le braccia avvolte intorno al mio petto nudo.

Fenrir mi attirò tra le sue gambe. Mi spostai da un piede all'altro, desiderando ardentemente che la tensione dentro il mio secondo buco si attenuasse.

«Stai bene, piccolina? Come ti senti?»

Scrollai le spalle, e lui mi lisciò i capelli.

Jarl si avvicinò a noi. «Ammetti di appartenere a noi adesso, dunque?»

Spalancai gli occhi. «Se dicessi di no… cosa fareste?»

«Ti legheremmo di nuovo, e ti frustreremmo fino a quando non ammetteresti la verità.» Gli occhi di Jarl brillavano d'oro, e sentii una scossa di eccitazione riverberare dentro il mio corpo. I Berserker mi avevano addestrata a rispondere.

«Se io appartengo a voi, allora voi appartenete a me» risposi, infuocata, guardando Jarl male come mio solito. «*Mariti.*»

Fenrir ridacchiò. «Lo puoi ben dire, mogliettina.» Poi mi portò sulle sue ginocchia, il sedere in aria, in modo da poter avere accesso al plug. Lo stuzzicò e lo tirò fuori prima di rimetterlo dentro, ancora e ancora. Io provai a lottare per liberarmi, ma sentivo la mia eccitazione crescere.

«Sei ancora la nostra prigioniera, e adesso sei la nostra compagna. Ma dicevamo sul serio quando abbiamo pronunciato i nostri voti.» Fenrir mi accarezzò la schiena mentre usava il plug per allargare il mio ano. «Ti saremo fedeli, Juliet. Ci prenderemo cura di te, ti proteggeremo… ti ameremo per sempre.» Mi sculacciò con forza, il suo palmo entrò a contatto con il plug e mi fece urlare, ma l'eccitazione sbocciò ancora più forte e calda dentro di me. Inclinai i fianchi per potermi strusciare contro la sua gamba, ma quando Fenrir notò la mia disperazione, scoppiò a ridere. Mi schiaffeggiò il sedere finché ognuna delle mie due natiche brillò come carbone nel fuoco. Poi mi portò di schiena sul letto.

La posizione spinse il plug ancora più a fondo dentro di me. Cercai di cambiare posizione, ma Jarl mi afferrò da dietro e mi tirò verso di sé, così restai esattamente com'ero, con la testa sulle sue gambe.

Fenrir si inginocchiò tra le mie, allargandomi le ginocchia e bloccandole con il suo peso. La mia figa era completamente aperta a lui, i miei umori che colavano dalla fessura e il plug che mi impalava il culo.

«Ti puniremo a prescindere da tutto. E ti reclameremo a fondo» promise Fenrir. Appoggiò il palmo della mano contro la mia figa, appoggiandovisi leggermente. Dal mio centro sentii come scoppiare scintille, la mia eccitazione prese fuoco, diffondendosi in tutto il mio corpo. Sollevò le mani e batté con forza il palmo contro le mie pieghe, schiaffeggiandole con violenza. Rabbrividii e urlai. Jarl sorrise, afferrando i miei seni nudi e stringendoli tra le dita. Tra il suo tocco e gli schiaffi di Fenrir, sentivo che non ci sarebbe voluto molto prima di perdere completamente i miei sensi.

«Sei nostra, Juliet. Appartieni a noi.» La mano di Fenrir prese a schiaffeggiarmi con ancora più forza. Ogni colpo mi spingeva avanti, verso quel luogo glorioso in cui il piacere mi avrebbe fatta sua per sempre. Gridai, contorcendomi e muovendomi, alla ricerca di quella beatitudine che sentivo così vicina. Mentre il mio corpo si spingeva con ancora più forza sul letto, il plug entrava ancora più a fondo.

E alla fine presi fuoco. Quel fuoco selvaggio, sempre più alto, sempre più potente. Il piacere mi bruciò del tutto. Volai sempre più in alto, trasportata da quell'onda alimentata dal dolore. Il mio climax bruciava come fuoco bianco, facendomi perdere per sempre.

Mani forti mi tennero ferma, riportandomi a terra. Mi ritrovai di pancia. Mi misi a quattro zampe, le mani di Jarl sul mio viso. Fenrir mi afferrò per i fianchi, fermando i miei movimenti. Tirò il mio corpo verso di lui finché i muscoli d'acciaio delle sue gambe non premettero contro le mie cosce. I peli del suo cazzo mi sfioravano il culo.

«È arrivato il momento» disse, e le sue mani aprirono le mie natiche. Mi spostò in avanti, per avere più spazio, e poi, con una mano sul mio ventre per tenermi ferma, mi liberò del plug.

Gemetti quando la parte più larga dell'oggetto mi allargò. Poi il mio sedere fu vuoto, e il mio buco strinse l'aria per un momento prima che Fenrir inserisse le sue dita dure. Mi allargò ancora di più quando aggiunse l'olio; lo sentii colare sul retro delle mie cosce. La mia figa ancora vuota fremeva di bisogno.

«Adesso ti reclamerò il culo, piccolina» ringhiò Fenrir, le sue dita a penetrare il mio ano con velocità indecente. Gemetti, lasciando cadere la fronte sul letto. Jarl mi afferrò per i capelli e prese ad accarezzarmi la nuca con gesti rilassanti. Il formicolio mi pervase tutto il corpo, in attesa.

«Ti dominerò completamente. È da quando ti ho vista in abbazia che ho pensato di prenderti così» continuò Fenrir, scopandomi con le dita. «Se fosse dipeso da me, ti avrei messa sul prato e ti avrei scopato il culo lì, davanti al tuo Dio, davanti a tutto il mondo. Tutti avrebbero saputo a chi appartieni in un attimo.»

Urlai contro le sue parole, il piacere che mi provocavano osceno.

«Immagina quel momento. Le torce che bruciano e gettano luce tutt'intorno. La luna che bagna il tuo corpo, che testimonia la tua vergogna... e il tuo piacere.» Le sue dita scivolarono fuori dal mio culo, e immediatamente la punta del suo cazzo prese il loro posto. Persino quella era più grossa del plug.

Come avrei fatto a sopportarlo?

«Piegati, Juliet» mi ordinò Jarl. «Spingi il culo in fuori, e fai entrare Fenrir.» Le sue dita mi tirarono con forza i capezzoli. «Obbedisci, e ti faremo venire.»

Feci come mi era stato ordinato, e Fenrir immediatamente mi penetrò con violenza. Sentii il piacere scorrere fin negli abissi del mio ventre, nonostante il dolore del mio buco teso fino al limite. Il sudore mi imperlava la schiena.

Fenrir ringhiò e gemette mentre mi scopava, arrivando fino a quando il suo inguine non toccò il mio sedere. Qualcuno, se Jarl o Fenrir non lo capii, allungò la mano sotto di me e prese a giocare con il nodo di nervi sopra le mie pieghe. Il piacere mi attraversò e urlai, stringendo con forza il mio secondo buco intorno al cazzo di Fenrir.

Fenrir gridò insieme a me, muovendosi con ancora più violenza, infilzandomi completamente. La sensazione mi portò ben oltre l'orgasmo, a sensazioni che non avevo mai provato prima. Fenrir si tirò fuori e poi scivolò di nuovo dentro, spingendomi in avanti sul letto.

Jarl mi sollevò la testa dai capelli, afferrandomi per la mascella e dirigendo il suo cazzo dentro la mia bocca. «Succhialo, piccola suora. Prendici entrambi.»

Gemetti intorno al suo cazzo, la mia lingua a scivolare sulla sua lunghezza accaldata. Succhiai con forza, prendendolo in profondità mentre il mio sedere faceva lo stesso con il cazzo di Fenrir.

«Proprio così» ringhiò Fenrir, la sua mano premuta sulla mia schiena per farmi inarcare ulteriormente. La mia testa rovesciò indietro, e Jarl fece scivolare il suo cazzo ancora più a fondo dentro la mia gola. «Sei una brava bambina.»

Respirai con il naso, l'odore di muschio selvatico di Jarl a riempirmi le narici e i peli del suo inguine a solleticarmi il viso. Nel frattempo, Fenrir aveva preso a scoparmi il culo in strattoni lenti ma feroci. Piacere e vergogna si intrecciarono dentro di me fino a creare un tipo di sensazione oscura e fortissima.

«Sei così bella, Juliet» gemette Fenrir. «Così bella e così brava a prendere il mio cazzo dentro il culo. Lo prendi così bene.»

Le sue parole crude mi fecero stringere ancora più forte le pareti interne. Jarl mi afferrò i capelli con forza, tenendomi ferma.

«Per gli Dei» urlò Fenrir. «Fallo ancora.»

Jarl scivolò fuori e sbatté il cazzo con forza dentro la mia gola. Persino con la sua carne dentro la bocca mi venne l'acquolina in bocca.

Fenrir allungò la mano sotto di me per strofinare le mie pieghe con forza. Il mio orgasmo prese a scuotermi, il mio sedere a stringere il cazzo di Fenrir con forza finché non lo sentii venire, tremando contro di me, riempiendomi il culo del suo seme.

Ansimai, sbavando contro la lunghezza di Jarl. Stavo venendo con il cazzo di Fenrir dentro il culo, e stavo venendo con forza. Fenrir scivolò fuori da me lentamente. Dove prima avevo sentito dolore, ora mi sentivo vuota.

Jarl scivolò fuori dalla mia bocca, ancora duro. «Adesso tocca a me.»

Fenrir prese il suo posto. «Stai andando bene, piccolina.» Le sue dita scivolarono dai miei capezzoli al mio nodo di nervi tra le mie pieghe. «Vieni di nuovo per me.»

Mi opposi, ma Fenrir sapeva bene cosa stesse facendo. Mi dimenai solo fino a quando Jarl d'improvviso non si spinse dentro il mio culo, impalandomi e tenendomi ferma.

Si lasciò andare ad un gemito lungo e doloroso. «È così fottutamente stretta e calda...»

«Lo è» concordò Fenrir, continuando a massaggiare tra le mie pieghe. «E quando viene...»

«Dio, mi stringe il cazzo così forte che potrebbe staccarlo!» Le dita di Jarl scavarono sui miei fianchi con forza mentre sbatteva dentro di me, penetrandomi fino alle viscere.

Fenrir non smise mai di accarezzarmi, le sue dita nient'altro che un sussurro sulla mia pelle, dolorosamente dolci. Il cazzo di Jarl mi portò fino al culmine. Insieme, i due uomini mi fecero perdere la testa.

L'orgasmo morse il mio corpo, e lo gettò poi nell'abisso.

JULIET

*P*anni caldi e bagnati mi accarezzarono la pelle. Jarl e Fenrir mi pulirono con cura e attenzione, così tante che mi fecero arrossire. Strofinarono del balsamo sui miei punti dolenti, compreso il mio povero sedere stirato.

Poi, Fenrir mi portò contro il suo corpo. La sua mano scivolò tra le mie gambe.

«Oh, no…» Provai a rotolare via, ma lui mi tenne ferma.

«Sì, piccolina. Un'ultima volta.»

«Non ce la faccio, non ce la faccio, non ce la faccio» gemetti.

«Dovrai farcela.»

Il suo pollice sfregò lentamente, spingendomi oltre il limite. Rabbrividii e mi rannicchiai su di lui, premendo il viso contro il suo pieno di muscoli duri. Tolse la mano e la sostituì con un panno bagnato, premendo con forza.

Una volta che mi ebbe pulito del tutto, mi rannicchiai ancora di più su me stessa. Mi sentivo piccola e fragile, completamente priva di forze.

Fenrir si rannicchiò con il suo grande corpo intorno a me. Il suo mento era poggiato sulla mia testa, le sue braccia e le sue gambe intorno al mio corpo. Non mi ero mai sentita così sicura e protetta.

Il piacere aveva completamente distrutto il mio corpo. La vecchia Juliet, il guscio indurito che si nascondeva dal mondo, era stata spazzata via.

Ma la vera Juliet, la vera essenza di me, quella non era morta. Era finalmente sbocciata.

Per tanti anni era rimasta assopita dentro di me. Ora si risvegliava lentamente, un germoglio che cresceva dalla terra scura. Per la maggior parte della mia vita mi ero tenuta nascosta, al sicuro nel caldo e amorevole abbraccio dell'oscurità. Ma presto, sentivo, mi sarei finalmente schiusa del tutto e avrei volto lo sguardo al cielo e al sole.

Per ora, però, avrei dormito, rannicchiata e protetta dal mio gigantesco Berserker.

Mio marito, il mio rapitore, il mio compagno.

Mi svegliai che era buio. Fenrir aveva lasciato il letto ed era andato davanti la porta. La luce della luna entrava dentro la capanna, scintillando sui capelli di Fenrir, accarezzando i segni scuri che correvano lungo le braccia di Jarl.

Colsi dei mormorii, ma non riuscii a capire le parole o il loro significato. Potevo indovinare, però. Jarl aveva fatto la guardia, e ora toccava a Fenrir. Non sapevo perché stessero facendo la guardia, però. La mia testa era annebbiata dal sonno, così quando Jarl venne a letto, pensai solo a lui che si coricava accanto a me.

Mio marito.

Mi distesi e aprii le braccia. Lui afferrò una mantella di pelliccia e, lasciandosi cadere sul letto, rotolò verso di me fino a quando non fu al mio fianco, poi mi avvolse la pelliccia intorno al corpo.

«Juliet.» Il suo respiro mi carezzò il viso. Più mi spingevo dentro la pelliccia, più andavo contro di lui. Il suo respiro si fece più affannoso, e il suo cazzo prese a crescere contro la mia gamba. Dovetti soffocare una risatina.

«Senti dolore?» mi chiese, sussurrando. Mi presi un momento per ascoltare il mio corpo. Il mio secondo buco si sentiva consumato, ma il resto di me ancora bruciava di desiderio.

«Brucia» gli dissi con sincerità. «Ma per te.»

Lo sentii allontanarsi per guardarmi negli occhi, come a valutare la mia sincerità.

«Sul serio?» Ma non aspettò la mia risposta; la sua mano scivolò tra le mie pieghe, e scoprì la verità da solo.

«Prendimi» lo invitai, aprendo le gambe.

«Juliet» gemette lui, e con l'altra mano guidò la sua erezione verso la mia entrata.

Strinsi le mani sulle sue spalle. «Non ti trattenere. Possiedimi del tutto.»

Jarl si spinse dentro di me, stringendomi a sé mentre i suoi fianchi lavoravano per impalarmi in profondità. Le sue labbra trovarono le mie, la sua lingua s'infilò dentro, reclamando la mia bocca mentre il suo cazzo reclamava la mia calda figa. Il piacere mi attraversò di nuovo, non duro e selvaggio come prima, ma semplice, delicato, come pioggia primaverile. Jarl venne dentro di me con un brivido. Allentò la presa, ma non fece neanche un passo per allontanarsi da me.

Per un momento restammo semplicemente attaccati l'uno all'altro, faccia a faccia nel buio. Abbassò il capo per poggiare la fronte contro la mia.

«Per me non c'è nessun Dio, nessuna Dea. Niente di magico, se non sei tu» sussurrò.

«Non dire queste parole» gli dissi, portando le dita sulle sue labbra. «Sono bestemmie.»

Mi guardò negli occhi da sotto quelle sopracciglia folte e scure, e mosse le labbra sotto la mia mano. «È quello che sento.» Allontanò la mia mano e mi baciò le labbra con dolcezza. «Questo. Quello che abbiamo… questo è sacro.» Poi strinse la pelliccia intorno ai nostri corpi, avvolgendoci nel suo calore. Il suo cazzo era ancora completamente eretto dentro di me. Non volevo che lo tirasse fuori. Eravamo in sintonia.

Mi addormentai così, con il suo cazzo ancora dentro di me e le sue parole dolci dentro le orecchie.

«Finché avrò vita, Juliet, tu sarai l'unica cosa che venererò con tutto me stesso.»

LA MATTINA seguente mi svegliai in una capanna calda, ma vuota. Mi alzai e feci il punto della situazione. Avevo due braccia, due gambe, due buchi usati e riusati. Un cuore pieno e felice.

Trovai dell'acqua, che utilizzai per lavarmi prima di rivestirmi. Dentro la mia mente vidi Jarl e Fenrir bruciare con forza. I miei due mariti erano fuori, a tagliare legna e accatastarla in file contro la parete della capanna. Mandai un segnale d'amore ad entrambi, attraverso quel filo mentale che ora sentivo dentro di me, e poi presi a spennare le pernici che avevano portato come selvaggina.

Era una mattina molto simile a tutte le altre, eppure adesso tutto era cambiato.

Jarl e Fenrir entrarono dentro casa uno dopo l'altro con le braccia piene di legna. Mi baciarono prima di prendere le loro prede e mettersi a cucinare. Quando la carne fu ben cotta, condividemmo un corno di idromele e prendemmo a mangiare.

Non parlammo. Non ce n'era alcun bisogno. Era una di quelle mattine che avevo desiderato di avere da tempo: io e le persone che amavo insieme, a lavorare e mangiare e sedere fianco a fianco. Presto ci saremmo alzati, saremmo andati a lavarci e saremmo usciti a lavorare all'aria aperta. Qualunque cosa ci riservasse la giornata, l'avremmo affrontata insieme.

Fenrir finì di mangiare per primo, e mi porse una ciotola piena d'acqua. Spazzai via l'unto della carne dalle dita e, quando ebbi finito, avvicinai la ciotola a Jarl.

«Juliet» disse Fenrir, portando le mani sul mio viso. «Sei felice di stare con noi?»

Come se non riuscisse a sentire il mio stesso cuore. «Certo che lo sono.»

«Bene.» Mi baciò entrambe le guance, la fronte, e infine le mie labbra. «Ricordati di questo, e del piacere che ti abbiamo dato.» Con quella strana affermazione, Fenrir lasciò il posto a Jarl.

Il mio marito tatuato si chinò per baciare le mie labbra. «Per noi, il tuo sorriso vale il mondo.» Mi accarezzò il mento. «E solo un momento con te vale la pena di rischiare la morte.»

La... morte? Avrei voluto chiedergli cosa intendesse. Entrambi sembravano così tanto seri da farmi un po' paura. Mi sentii fermare il cuore. Prima di poter dire una sola parola, però, un grido si levò da oltre la capanna.

«Resta qui, Juliet.» All'unisono, Jarl e Fenrir si voltarono verso fuori. Fianco a fianco marciarono verso la porta e l'aprirono.

Una schiera di guerrieri riempiva la radura. Fenrir e Jarl uscirono dalla porta, bloccandomi alla vista. Mi affrettai a mettere gli stivali, ma sentii chiaramente il Berserker dentro la mia testa.

«Fenrir e Jarl. Siete ricercati per aver rapito una delle profetesse. Vi consegnate a noi?»

«Sì», disse Fenrir a bassa voce. Lui e Jarl si allontanarono dalla loggia, con le mani lungo i fianchi completamente ferme, a mostrare che non avevano intenzione di lottare.

«Ora verrete con noi» ordinò il guerriero. Fece cenno al suo gruppo di Berserker, pieni zeppi di armi, e, facendosi avanti, circondò i miei due uomini.

Che stava succedendo?

«No, un attimo!» urlai, inciampando sui miei stessi passi a causa del secondo stivale calzato ancora solo per metà.

«Juliet» mi chiamò un guerriero, venendo al mio fianco. Era grande e grosso, biondo, con un aspetto familiare. Ci misi due secondi a rendermi conto che fosse il compagno di Hazel. «Io sono Knut. È stata Hazel a mandarmi. È incinta, ma ha insistito che, se non fossi andato io, avrebbe fatto lei personalmente la scalata per trovarti.»

«Ma cosa sta succedendo?» chiesi, abbassandomi a stringere lo stivale.

«I due hanno infranto il decreto degli Alpha rapendo una profetessa» mi spiegò Knut. «Ci sarà un processo.»

«Cosa? Ma… non è possibile. Chi avrebbero rapito?»

Le sue sopracciglia bionde si arricciarono, e quando vidi il suo sguardo confuso, capii che parlava di me. Ero io la profetessa che loro avevano deciso Jarl e Fenrir avessero rapito.

Ma si sbagliavano. Era tutto completamente sbagliato, e quei guerrieri stavano cercando di portare i miei uomini via!

«No, aspettate!» urlai. «Non potete farlo, non potete portarli via!»

«Stai indietro, piccolina» disse Fenrir. Al suo fianco, Jarl era inarcato, il corpo ansante. I guerrieri avevano formato un cerchio intorno a lui, le armi puntate contro il suo corpo. Jarl era vicinissimo alla Trasformazione.

Jarl ha bisogno che tu resti al sicuro. È l'unico modo per assicurarci che mantenga il controllo, parlò Fenrir dentro la mia testa.

Io mi fermai di colpo.

Knut si fece avanti e si rivolse ai miei mariti. «Non le verrà fatto alcun male. Lo prometto.»

Con un cenno, Fenrir afferrò la spalla di Jarl e lo tirò indietro. Il gruppo di guerrieri li fece marciare in avanti, lungo il sentiero. Avrei voluto correre da loro, ma Knut mi bloccava la strada. Il guerriero sfregiato che guidava il gruppo era vicino, in attesa di attaccare se fosse stato necessario.

«Dove li porterete?» chiesi.

«Dagli Alpha» rispose il guerriero sfregiato. Aveva un'aria grave intorno a sé. Fece un cenno a Knut e subito dopo si avvicinò agli altri suoi guerrieri lungo il sentiero.

Va tutto bene Juliet, te lo assicuro, mi sussurrò Fenrir nella mente. *Andrà tutto bene.*

Ma niente stava andando bene. Niente di niente.

Sussultai quando Knut mise un mantello di pelliccia sulle mie spalle. «Sh» disse. «Sei al sicuro adesso, Juliet.»

Il mantello aveva ancora il profumo dei miei guerrieri. Lo strinsi intorno al mio corpo, tremando sotto il suo calore. «Non capisco cosa sta succedendo.»

«I guerrieri Jarl e Fenrir ti hanno portata via senza permesso» mi spiegò Knut. «Hanno infranto la legge degli Alpha.»

«Quale legge?» chiesi, prima che potessi ricordarlo. Portai le mani alla bocca quando ricordai ciò che Fenrir mi aveva detto una volta. *La pena per chi tocca una profetessa senza permesso è la morte.*

«È questo che sta accadendo? Saranno uccisi per avermi reclamata?»

«La legge è molto chiara» disse Knut e poi, con tono più gentile, aggiunse: «Stai bene? Ti hanno fatto del male? Ti hanno ferita?»

Mi allontanai da lui di scatto, guardandolo come se le sue parole mi avessero bruciata. Offendere i miei uomini così significava offendere anche me stessa. «Non osare. Non mi farebbero mai del male. Sono stati la ragione per cui sono guarita, al contrario. Mi hanno dato tutto ciò che volevo, e sono i miei uomini. Devo vederli.»

«La cosa non succederà» disse Knut, scuotendo la testa.

«Sono i miei uomini!» ripetei, alzando la voce. «I miei mariti. I miei compagni. Io appartengo a loro, e loro appartengono a me.» Sentii il panico riempirmi il cuore. «Non vi permetterò di portarmeli via.»

Knut mi guardò perplesso, poi prese ad accarezzarsi la barba. «Ci sarà un processo prima che Jarl e Fenrir possano essere condannati. Davanti agli Alpha e all'Adunanza.»

Senza fiato, come avessi corso lungo tutta la montagna, seppi immediatamente cosa avrei dovuto fare. «Bene. Allora portami dagli Alpha.»

Knut aggrottò la fronte e io battei i piedi per terra con forza, arrabbiata.

«Ho detto portami dagli Alpha. *Ora!*»

KNUT non mi portò né dagli Alpha, né tantomeno da Fenrir e Jarl. Mi portò invece all'interno di una grotta di montagna, dove mi lasciò a camminare avanti e indietro. La grotta era pulita e ben arredata, con sedie e cassapanche di legno finemente intagliato, arazzi e un supporto di ferro che ospitava al suo interno un piccolo fuocherello. Gli Alpha e Brenna vivevano dentro questa grotta, sapevo. Mi sentivo troppo agitata per potermi sedere.

Nel corridoio risuonarono d'un tratto mormorii, e due donne scostarono la tenda ed entrarono dentro la stanza. La luce fioca del fuoco illuminò i loro volti. Una era scura e l'altra chiara, e le riconobbi immediatamente come due donne che tante volte avevo visto solo da lontano.

Muriel e Sabine.

Avevo la bocca troppo secca per parlare, ma Sabine, la

ragazza bionda e alta, si limitò a guardarmi dall'alto in basso con uno sguardo inquietante. Sua sorella Muriel ruppe il silenzio per prima.

«Suor Juliet.»

«Solo Juliet» la corressi immediatamente. «Non sono più una suora.»

«Juliet, allora» acconsentì lei. La sua voce era calda e dolce, compassionevole, quasi. «Come stai?»

Mi ritrovai senza parole. Ne avevo passate tante, questo era certo.

«Sto molto bene, fisicamente» balbettai un po'.

«Bene.» Muriel fece scivolare una mano su una sedia. «Prego, siediti.»

«Non ho voglia di sedermi. Voglio parlare con gli Alpha.» Mi avvicinai alla porta, ma il corpo di Sabine improvvisamente la bloccò.

«Siamo state mandate qui per prenderci cura di te.»

Tirai indietro la schiena, cercando di ergermi alla sua altezza, ma invano. «Non ho bisogno che qualcuno si prenda cura di me» sbottai. «Stavo benone prima che un gruppo di guerrieri interferisse con la vita mia e dei miei compagni. Non avevo bisogno di soccorso—» Mi portai una mano alla gola quando mi accorsi che bruciava; stavo gridando. Non me n'ero resa conto. Presi un bel respiro. «Desidero vedere Jarl e Fenrir. Ho bisogno di assicurarmi che non sia stato fatto loro alcun male.»

«Non gliene è stato fatto» mi assicurò Muriel, ed io mi girai a guardarla.

«Come puoi dirlo con certezza?»

«È stato il mio compagno Wulfgar a guidare il gruppo che li ha presi dal rifugio. Me l'ha detto lui. Jarl e Fenrir stanno bene, ma sono ancora sotto sorveglianza.» Muriel si sedette con grazia su una delle due sedie dorate. «Prego, siedi.»

Lo feci, e mi lasciai andare ad un sospiro.

«Ci sarà un processo» disse Sabine. La sua voce risuonò in maniera strana dentro l'abitacolo. «I guerrieri saranno chiamati a rispondere di ciò che ti hanno fatto.»

«Che… che mi hanno fatto?» ripetei. «Cosa pensano che mi abbiano fatto?»

Portai le mani in grembo, per cercare di non farle tremare.

«Sono accusati di averti rapita e tenuta nascosta sul lato più lontano della montagna, e di essersi imposti su di te, prendendoti con la forza contro la tua volontà. La bufera di neve ci ha impedito di venire a cercarti più in fretta.»

«Sta' tranquilla, Juliet. Adesso sei al sicuro da loro.»

Fu con quelle parole che capii il motivo della pietà dentro gli occhi di Muriel.

«Voi pensate che loro mi abbiano fatta del male» sibilai. «Che mi abbiano presa contro la mia volontà.»

«Non è forse così?» Sabine inclinò il capo di lato. I suoi occhi erano quasi neri senza la luce.

«Io…» Come potevo spiegare? Non sarebbe stato il caso di mentire. «Jarl e Fenrir si sono imbattuti in me durante una delle mie febbri d'accoppiamento.» Alzai lo sguardo verso Muriel, che mi fece cenno di continuare. «Mi stavo nascondendo, ma loro hanno sentito il mio richiamo. Volevano alleviare le mie sofferenze.» Strinsi con più forza le mani. «Mi hanno aiutata.»

«Ti hanno preso contro la tua volontà?» chiese ancora Sabine.

«Volevano aiutarmi e l'hanno fatto. La mia febbre è sparita.»

«Ma l'hanno fatto senza ricevere il permesso degli Alpha» mi spiegò Sabine, passandomi accanto per aggiungere qualche pezzo di legna al fuoco. «Le regole sono state fatte per un motivo. Non possiamo permettere ai guerrieri di reclamare chi vogliono.»

«Eppure, questo è ciò che i Berserker fanno da sempre. Come vi va di spiegare la notte in cui sono venuti a saccheggiare l'abbazia per portarci via?»

«Quello è stato per proteggervi e salvarvi» disse Sabine.

«Sì, molte profetesse quella note hanno trovato i loro compagni, ma da allora è stato necessario stilare delle regole. Gli Alpha hanno decretato—»

«Bene allora» cominciai io, interrompendo Muriel. «Sorvolerò sul fatto che, secondo la stessa logico, allora Jarl e Fenrir hanno fatto la stessa cosa con me adesso: salvarmi, ma stavolta da me stessa. Dirò invece: pensavo di aver capito, però, che quando una profetessa entra in calore, ha il diritto di scegliersi un compagno.»

«Sì», cominciò Muriel, lentamente. «Ma, Juliet…»

«Beh, io ho scelto. Ho scelto Jarl e Fenrir» dissi, incrociando le braccia al petto.

Sabine copiò il mio movimento. «Ah, davvero? Li hai scelti? Tu sei una suora, Juliet.»

«Lo *ero*, quando ero ancora in abbazia. Ma adesso sono Juliet e basta, e Jarl e Fenrir sono i miei mariti. Li ho sposati di fronte al Signore, e un prete ha consacrato i nostri voti. Appartengono a me, tanto quanto io appartengo a loro, per le leggi del Signore e per le leggi dei Berserker.»

Sabine sbatté le palpebre. Muriel si sporse verso di me.

«Ti hanno portata da un prete?»

«Sì.»

«E il prete ha consacrato il vostro matrimonio?» continuò Sabine.

«Sì!» urlai, coprendomi il viso con le mani. «Il prete ha sposato tutti e due.»

Sabine e Muriel si scambiarono un'occhiata. «E ha acconsentito? Ha detto sì a sposare entrambi con te? Due uomini diversi con una sola donna?»

«Beh, non è che volesse farlo davvero. Jarl e Fenrir lo

hanno pagato e, diciamoci la verità, ha capito da sola che lo avrebbero ucciso se non avesse fatto ciò che volevamo.»

Sabine scoppiò a ridere alle mie parole. Muriel le diede un colpo di gomito sul fianco.

«Parleremo con gli Alpha» mi assicurò quest'ultima. «Ascolteranno le tue parole.»

«Grazie» dissi, lasciandomi andare contro lo schienale della sedia.

«Non temere» continuò lei, prendendo le mie mani. «Andrà tutto bene.»

Sabine aveva la testa china e gli occhi chiusi. Speravo con tutto il mio cuore che stesse riferendo ai suoi Alpha cosa avevo appena detto.

Mi voltai verso Muriel. «Parlami delle ragazze. Di tutte le profetesse. Stanno bene?»

«Stanno bene, sì.» Il volto di Muriel si illuminò. «Laurel ha partorito il suo bambino! Un figlio. Assomiglia molto al padre.»

«Chi dei due?»

«Ulfarr. Quello il cui viso è stato sfregiato dal fuoco.»

Sabine alzò il capo. Per un attimo, i suoi occhi brillarono d'oro.

«Il prossimo parto sarà quello di Hazel» disse con tranquilla sicurezza. Avrei voluto chiederle come facesse a parlarne con così tanta sicurezza, ma mi trattenni. Sapevo fosse un'erborista e che si stava allenando con le streghe per apprenderne il mestiere. Ma sembrava che stesse imparando anche le arti esoteriche.

«Voglio esserci» dissi. Avrei voluto essere presente anche al parto di Laurel, ma ero stata troppo lontana a causa della febbre. «Sempre che Hazel mi voglia.»

«Ma certo che sì» mi assicurò Muriel. «Sei la cosa più vicina a una madre che le profetesse orfane abbiano mai avuto. E ci sono molti altri bambini in arrivo. Avremo tanto da fare, questa primavera!»

«E questa estate. E questo autunno» aggiunse Sabine, sorridendo sorniona.

Muriel arrossì e poggiò una mano sul suo ventre.

«Le profetesse ancora non accoppiate» continuai io. «Le altre ragazze. Stanno bene anche loro?»

Un'ombra passò sul volto di Sabine. «Le abbiamo trasferite nella grotta degli Alpha, dov'è più facile tenerle sott'occhio.»

Oh, Cielo. Non mi piaceva sentire che le ragazze erano state spostate ancora una volta.

«È perché Jarl e Fenrir mi hanno portata via? È colpa—»

«No», mi interruppe Sabine. «Non ha niente a che vedere con te. Ci sono meno guerrieri disponibili a fare la guardia, adesso, perché siamo entrati in guerra con il Re dei Morti.»

Persi il respiro. «Da—davvero?»

«Abbiamo dovuto muoverci contro di lui, in fretta.» La fronte di Muriel si aggrottò, guardando sua sorella come per avere conferma. «Le streghe hanno deciso.»

«Perché adesso?» chiesi, stringendo con forza le mie dita le une con le altre.

«Pensiamo che più tempo passa, più lui si farà forte» mi spiegò Sabine in tono cupo. Sembrava diversa, in qualche modo. Più distante, le linee affilate della sua figura tagliate dall'ombra. «Dobbiamo combatterlo prima che sia troppo tardi, e non possa più essere fermato.»

«Più... forte?» chiesi, senza fiato. «Ma come?»

Le due donne fecero una pausa, poi Muriel mi rispose. «Rosalind si è svegliata.»

«Sta bene?» chiesi immediatamente. Rosalind aveva riportato una ferita alla testa, ed era rimasta incosciente per giorni.

Muriel abbassò lo sguardo. «Rosalind è scappata via. In

qualche modo si è svegliata ed è andata via dalla montagna. Wulfgar dice che non riesce a capire come abbia fatto a scappare ancora una volta dalle guardie.»

«Crediamo che sia in combutta con il Re dei Morti» aggiunse Sabine.

«No, è impossibile!» esclamai io. Tutte le volte che Rosalind era stata arrabbiata, pensierosa… Poteva essere? Rosalind provava sdegno per i Berserker, e ancora più per il destino che loro le avevano promesso.

Forse non era così impossibile.

«È molto possibile, invece. La cosa impossibile è che sia scappata via senza aver ricevuto aiuto. Sorrel ci ha detto perché Rosalind è stata ferita di tutto principio. L'ha seguita durante la notte, e lei stava per aiutare il Re dei Morti ad entrare nella montagna. Ha dovuto colpirla.»

Mi coprii la bocca con la mano. *Oh, Rosalind… Che cosa hai fatto?*

«Va tutto bene» mi assicurò Muriel, accarezzandomi una spalla. «Andrà tutto bene, promesso.»

«Suor Juliet.» Un guerriero si materializzò alle fauci della grotta. Mi alzai, lisciandomi il vestito, pronta a sentire qualsiasi cosa fosse venuto a dirmi. «Gli Alpha ti aspettano.»

JULIET

Seguii il guerriero lungo il sentiero di montagna, fino al luogo delle pietre erette. Sabine e Muriel vennero con me, e di questo fui felice, o... beh, quanto potevo esserlo date le circostanze.

Una grande folla di guerrieri si era accalcata nella radura. Alcuni si aggiravano come lupi tra la folla. Quando presi a camminare tra di loro, si formò un sentiero che continuò fino ai fuochi e alle grandi pietre dove sedevano gli Alpha. Ogni passo che facevo era scandito da un rullo di tamburo. Il mio cuore batteva all'impazzata ma, quando arrivai dove dovevo arrivare, sistemai la mima espressione. Avrei mantenuto la calma.

Jarl e Fenrir erano in piedi, di lato, le mani legate di fronte a loro. Sentii i loro occhi sul mio corpo, il leggero tocco mentale delle loro voci dentro di me. Si stavano assicurando che fossi illesa.

I tamburi presero a rombare più forti, il loro ritmo più veloce mentre gli Alpha facevano il loro ingresso nella radura. Strinsi le mani intorno ai fianchi. Potevo farcela.

L'Alpha più grande, un uomo biondo con una barba lunga e folta, sedette su un trono di pietra. Era Samuel, uno dei compagni di Brenna. Guardò intorno alla radura, e i tamburi tacquero di colpo.

Dopo un attimo, prese a parlare.

«Siamo qui riuniti per il processo a Jarl e Fenrir. Questi due guerrieri hanno infranto il nostro decreto, e ferito una profetessa priva di compagno. L'hanno presa dalla sua casa e tenuta nascosta in una loggia per diversi giorni. Non hanno intenzione di negarlo.» Anche con un tono basso e misurato, Samuel era in grado di far rimbombare la sua voce per tutta la radura. «Qualcuno vuole parlare in loro difesa?»

Feci un passo avanti prima di cominciare a parlare.

«Sono Juliet, la profetessa che è stata con loro nella capanna. Voglio parlare in loro difesa.»

«Lo vuoi?» mi chiese Samuel, sorpreso. «E perché?»

«Perché Fenrir e Jarl sono i miei uomini e i miei mariti» dissi. Tremavo da capo a piedi, ma la mia voce era alta e stabile. «Agli occhi di Dio, e degli uomini in Terra.»

L'Alpha inclinò il capo di lato. «Quale Dio?»

«Il *mio*. Jarl e Fenrir sanno quanto io tenga alla mia fede, e hanno rispettato i miei voleri. Mi hanno portata di fronte un sacerdote perché potessimo sposarci secondo le mie credenze. Non mi hanno *mai* fatto del male» dissi, alzando la voce ancora più forte, e in quella frase misi tutto lo sdegno che riuscii a far uscire fuori al solo pensiero che quelle accuse potessero essere state alzate. «All'inizio ero riluttante, è vero», ammisi. «Ma sono loro, adesso. La loro moglie, e la loro compagna. E non li lascerò andare.»

«Quindi accetti questi due uomini come tuoi compagni?»

«I miei compagni, e i miei mariti. Appartengono a me quanto io appartengo a loro. Vorrei che li sollevaste dalle accuse.» La mia voce si spezzò. «Io li amo.»

Dall'altra parte del fuoco, gli occhi di Fenrir e Jarl mi stavano incollati addosso.

«È vero?» chiese Samuel a Sabine e Muriel. «Quello che dice, è vero?»

Muriel annuì. «Juliet ha parlato con noi. Ci ha detto ogni cosa. È vero.»

Samuel restò a pensarci su per un attimo. L'assemblea di guerrieri restò silenziosa, forse troppo. Sapevo bene che Samuel non fosse per niente in silenzio; in quel momento stava comunicando mentalmente con i suoi altri fratelli Alpha, ma non potevo immaginare quale sarebbe stato il suo verdetto.

Sopra di noi, uccelli e falchi volavano liberi nel sole primaverile. Mi tremavano le gambe.

«Molto bene.» Quando Samuel parlò di nuovo era passato così tanto tempo che quasi non caddi sui miei stessi piedi dalla paura. «Suor Juliet, abbiamo ascoltato la tua richiesta.»

La sua voce si addolcì di colpo.

«Poiché hai deciso da sola di parlare in loro favore, non li condanneremo a morte. Ma non possiamo ignorare ciò che hanno fatto. Se anche con la tua salvezza in mente, hanno commesso un crimine. Sono andati contro le regole del branco, e prendere una profetessa dalla sua casa e portarla via comporta delle conseguenze.» Così, Samuel lanciò uno sguardo anche a tutti gli altri Berserker, un po' come monito.

«Non è la stessa cosa che avete fatto voi?»

La mia voce si alzò prima che potessi rendermi conto di cosa stavo dicendo. Ci volle qualche secondo per rendermi conto che a porre quella domanda—e quella provocazione— ero stata proprio io.

Mi schiarì la voce. «Perdonatemi, non volevo mancarvi di rispetto. Ma sappiamo tutti la storia di come tu e tuo fratello guerriero avete trovato la vostra compagna. E così sappiamo la storia di come i due Alpha di Lowland hanno trovato la loro.»

Un mormorio si levò tra i guerrieri.

«Silenzio!» tuonò Ragnvald. Il secondo Alpha mi sorrise. «Conosci la storia, quindi dovresti sapere perché adesso ci sono delle regole. Dovresti sapere perché sono importanti. È essenziale che proteggiamo le profetesse.»

«Loro mi hanno protetta» dissi. Da me stessa. «Ma se volete punirli per delle regole che voi stessi avete infranto, allora almeno vi chiedo di mostrare loro pietà.»

«Pietà» mormorò Samuel, accarezzandosi la barba. Accanto a lui, su un trono di pietra più piccola, sedeva la sua compagna Brenna. Gli prese la mano e la strinse.

«Molto bene. Mostreremo loro pietà, ma avranno comunque una punizione. Quando ci muoveremo per entrare in guerra con il Re dei Morti, Jarl e Fenrir combatteranno in prima linea.»

Muriel accarezzò la mia schiena con fare consolatorio.

«Almeno non è una condanna a morte» provò a consolarmi, senza alcun risultato.

«Non lo è?» chiesi io, retorica. Il Re dei Morti stava acquisendo sempre più potere, lo avevano detto loro stessi. Neanche le streghe osavano avvicinarsi, e avevano poteri simili ai suoi. Come avrebbero potuto fare qualcosa, i Berserker?

Muriel si allontanò, e il profumo di bosco caratteristico di lei mi abbandonò.

«Va tutto bene, piccolina» disse Fenrir all'improvviso di fronte a me, allontanando le mani dal mio viso. Mi gettai contro di lui immediatamente, abbracciandolo, facendomi cullare dal suo calore.

Jarl si poggiò contro la mia schiena. «Combatteremo e vinceremo. E torneremo da te.»

«Ma tutti dicono che è impossibile» sussurrai.

«Allora prega.» Jarl mi strinse con forza su di sé. «Hai detto che il tuo Dio è buono. Hai detto che Lui e i Suoi seguaci hanno affrontato imprese impossibili. Non è forse vero?»

«Sì», dissi piano, e Jarl scacciò via le lacrime dal mio viso.

«Allora prega Lui. E credi in noi.»

EPILOGO

JULIET

*L*a luna splendeva alta nel Cielo quando andai alla porta della capanna che Jarl e Fenrir avevano costruito per me. Le mie mani carezzavano la curva del mio ventre. Stavo sempre attenta a non farmi vedere, ma un giorno la mia panica sarebbe stata rotonda quanto la luna piena. Non l'avevo ancora detto a nessuno, soprattutto ai miei compagni, perché altrimenti avrebbero insistito affinché andassi nella grotta degli Alpha con il resto delle altre donne.

Camminavo davanti la capanna; non riuscivo a stare ferma. Oggi i Berserker avrebbero fatto ritorno alla montagna. I miei uomini avevano davvero combattuto in prima fila, alla fine, e sebbene avessi sentito dire che stavano bene, mi rifiutavo di crederci fino a quando non avrebbero fatto capolino di fronte ai miei occhi.

La mia fede arrivava solo fino ad un certo punto.

Ti prego, implorai, alzando lo sguardo verso la luna. Avevo pregato Dio ogni giorno affinché i miei due uomini tornassero da me sani e salvi. Mi ero occupata delle orfane, nel frattempo. L'attesa era stata difficile, ma occuparmi delle orfane mi aveva portato un po' di pace.

Il tempo dell'attesa era finito.

Juliet? Dove sei? Quasi sussultai quando la voce di Fenrir toccò la mia mente.

Sono qui. Gli inviai un'immagine di me stessa in piedi di fronte la porta della nostra casa. *Vi sto aspettando.* Smisi di camminare. Dondolai da un piede all'altro, con il cuore che batteva all'impazzata.

Stiamo arrivando, piccola. Siamo quasi a casa.

Chiusi gli occhi, e vidi ciò che circondava i miei guerrieri. Il sentiero che saliva verso la montagna. Intorno a loro, la foresta si confondeva. Stavano correndo.

Quando aprii gli occhi fu proprio nel momento in cui la testa di Jarl apparve oltre l'altura. Fenrir seguì poco dopo. Quando mi videro corsero più forte, poi rallentarono quando furono vicini. Sembravano stanchi, e i loro vestiti erano sporchi, ma a me non importava.

Finalmente erano a casa.

Chiusi le distanze che ci separavano e afferrai le loro giacche, tirandoli verso di me per baciarli entrambi.

«Grazie a Dio» dissi, singhiozzando. «Grazie a Dio.»

«Grazie a Fenrir, semmai. Mi ha salvato la vita più di una volta» grugnì Jarl.

«Grazie» sussurrai allora, lanciandomi tra le braccia di Fenrir. Lui scoppiò a ridere mentre mi stringeva.

«È finita?» chiesi. «È fatta?»

Fenrir premette la fronte sulla mia. «È fatta. La montagna è salva.»

Non chiesi come avevano fatto a sconfiggere il Re dei Morti. Quella storia l'avrei scoperta, ad un certo punto. Forse quando avremmo raggiunto gli altri e gli Alpha alla radura, tutti riuniti intorno al fuoco. Ma, per ora, m'importava solo dei miei compagni.

«Piccolina.» Fenrir mi prese il viso tra le mani e prese ad

osservarmi. Quando abbassò lo sguardo sui miei piedi, aggrottò la fronte. «Dove sono i tuoi stivali?»

Risi tra le lacrime. Non potevo credere che, tra tutte le cose, mi stesse davvero chiedendo questo. «Li ho dati a Meadow.» La più grande delle profetesse non accoppiate era stata in pena da quando i guerrieri erano andati a combattere contro il Re dei Morti. Un nuovo paio di stivali le aveva dato un po' di allegria.

Un ringhio rimbombò nel petto di Fenrir mentre mi asciugava le lacrime. Scosse la testa, e infine borbottò: «Ogni volta che te ne doniamo un paio, tu li dai via.»

Io ridacchiai. «Meadow ti ringrazia per il regalo» gli dissi, e chiusi gli occhi quando lui prese ad accarezzarmi la guancia. Mi diede un colpetto sul collo. «L'ho fatto solo perché tornaste sani e salvi da me.»

Quando si allontanò da me, aveva tra le mani un altro paio di stivali. Scossi la testa.

«Questi tienili per te. Dicci semplicemente gli ne ha bisogno, e gliene procureremo un paio personali.»

«Grazie, marito.»

«Andiamo dentro» ringhiò poi. «Fa troppo freddo qui fuori, per te.»

Sospirai e lasciai che i miei due uomini mi portassero di nuovo vicina al fuoco. «Il tempo non è ancora giusto, però. È primavera inoltrata.» Mi morsi il labbro. Era ancora colpa del Re dei Morti?

«Potrebbe volerci del tempo prima che la natura si ristabilisca» mi disse Fenrir. «Ma non temere più, piccola madre. Ci godremo appieno il tempo che passeremo al caldo della nostra casa.»

I due uomini mi fecero sdraiare, e subito cominciarono ad accarezzarmi. Fenrir mi rimboccò le coperte mentre Jarl prendeva ad accendere il fuoco.

«C'è tantissima legna» osservò.

«Knut mi ha aiutato a rifornirla» gli dissi dal mio posto, caldo e accogliente dentro le pellicce. «Mi ha portato qui oggi, per ringraziarmi di aver aiutato la sua compagna. Hazel ha partorito all'arrivo della luna nuova. Una bambina.»

«Knut è padre» osservò Fenrir, scuotendo la testa, come se non potesse crederci.

Io abbassai il capo. Fra non molto anche loro sarebbero diventati padri, ma non glielo avevo ancora detto.

Mentre i due completavano le loro faccende, uno dopo l'altro andarono ad immergersi nel ruscello freddo che scorreva vicino alla capanna. Tornarono nudi, scuotendo la testa per liberarsi dell'acqua in eccesso. La vista dei loro corpi nudi mi riscaldò da capo a piedi.

«È bello essere finalmente puliti» sospirò Fenrir, e Jarl non poté fare a meno di concordare.

«Abbiamo portato della selvaggina fresca» mi disse Jarl, aprendo la sua casacca. «Abbiamo anche della carne secca, ma io ne sono stufo.»

«Possiamo sempre andare a cacciare» propose Fenrir.

«Non ho fame di carne» dissi subito io. Gettai via la pelliccia, poi, e mi liberai del vestito. «Ho fame di voi.»

Non se lo fecero ripetere due volte.

Il letto tremò sotto il peso dei due Berserker quando vennero al mio fianco sul letto.

«Piccolina» ringhiò Jarl contro le mie labbra. «Ti vogliamo anche noi.»

Lo baciai fino a consumarmi le labbra, fino a che le mie guance non furono irritate dalla sua barba ispida. Quando mi voltai verso Fenrir, Jarl infilò le mani dentro il mio corpetto e lo strappò.

Io sussultai, offesa, e lui scacciò la cosa con la mano. «Te ne prenderemo un altro.»

Fenrir reclamò la mia bocca mentre Jarl toccava i miei

seni. I suoi denti si attaccarono intorno al mio capezzolo sensibile, ed io gridai.

Fenrir alzò la testa. «Stai bene?»

«Sì», gemetti io, portando la testa di Jarl di nuovo sul mio seno. «Ne voglio di più.»

I miei due uomini mi strapparono via il resto della veste e scesero su di me. Mi girarono di fianco, Jarl davanti e Fenrir dietro. Le loro barbe presero a graffiare la mia pelle mentre mi baciavano, annusavano, respiravano il mio profumo. Jarl agganciò la mia gamba sinistra sulla sua spalla e portò la bocca vicino alla mia entrata bagnata. Fenrir si alzò dal letto per un momento. Quando tornò, fece scivolare dell'olio sul mio ano. Le sue dita strinsero le mie natiche mentre la lingua di Jarl prendeva a scivolare tra le mie pieghe. I miei fianchi presero a dondolare avanti e indietro mentre i miei uomini mi scopavano, uno con le dita, l'altro con la lingua. L'orgasmo mi prese in pieno, come una cascata di acqua caldissima. La capanna si riempì delle mie urla.

«Piccola monella» ringhiò Fenrir contro la mia spalla. Premette il suo corpo muscoloso contro il mio, strofinando il suo pene sul retro della mia gamba. «Dicci cosa vuoi.»

«Voi» sussurrai.

Voglio voi, ripetei, stavolta dentro le loro menti, e mandai loro un'immagine del mio corpo allungato, legato e bagnato d'olio. Le gambe divaricate e legate, le braccia strette oltre la mia testa. Il mio corpo che scintillava a causa dell'olio alla luce del fuoco.

«Legatemi» mormorai. «Punitemi. Voglio sentirvi.»

«Vuoi essere punita?» mi chiese Jarl, lasciando uno schiaffo sulla mia figa che mi fece urlare.

«Sì», urlai, e presi a dondolare i fianchi, ma Jarl allontanò la mano.

«E il bambino? Che succederà a lui se ti puniamo?» chiese

Fenrir. Per un attimo restai senza fiato. «Quando avevi intenzione di dircelo?»

Mi morsi il labbro, ma non mi preoccupai più di tanto di essere stata scoperta. «Ho pensato che sarebbe stato più divertente farvelo indovinare da soli.»

Fenrir mi fece rotolare sulla schiena, lasciando un bacio sul mio ventre ancora piatto. «Lo abbiamo capito nel momento stesso in cui ci siamo avvicinati. A causa del tuo odore.»

«Hai un odore diverso, adesso» mi spiegò Jarl. Si era allontanato dal letto per prendere dei lacci di cuoio, ma adesso era tornato. «Allora, Fenrir. Come pensi che dobbiamo punirla per aver tenuto questo segreto?»

«Io dico di legarla e reclamarla completamente» disse Fenrir, tirandomi dai piedi. Strinse il torc intorno al mio collo, poi mise una mano sui miei capelli e, con una piccola spinta, mi fece camminare verso la struttura dove ora Jarl mi aspettava.

Mentre mi mettevano in posizione, il luccichio dei loro occhi era intensificato dalle fiamme del fuoco. I Berserker con me erano gentili, ma quel colore dorato mi fece rabbrividire.

Jarl mi legò le braccia sopra la testa mentre Fenrir legava i miei piedi. Poi mi misero le mani su tutto il corpo, accarezzando e oliando a fondo ogni singola parte di me. Presi a ruotare i fianchi in avanti, implorando, ma Jarl mantenne il suo tocco deciso. Troppo presto, allontanarono le mani.

Fenrir mi sculacciò con forza, da una parte e poi dall'altra, mentre Jarl si metteva in posizione davanti a me. Portò la sua mano unta sul suo cazzo, avanti e indietro, facendolo ergere completamente. Inarcai la schiena, spingendo in fuori i seni per attirarlo. Jarl sorrise e scosse la testa.

Quando Fenrir si allontanò, sentii le natiche calde.

«Respira» mi disse Jarl, e non capii perché avrei dovuto

farlo. Fenrir mi afferrò allora con forza i capelli e, dopo averli tirati un po' indietro, li portò oltre le mie spalle perché ricadessero sul davanti. Fece un passo indietro ed io sentii il mio corpo vibrare. Un istante dopo una frusta pungente mi colpì alle spalle, e gridai.

«Respira» mi ricordò Jarl. Mi mise una mano sul cuore. «Respira.»

Le estremità annodate della frusta colpirono di nuovo. Fenrir mi dipinse la schiena con colpi precisi. I fili mordevano, ancora e ancora. Quando si fermò, premette il corpo contro la mia schiena ed io gridai, cercando di liberarmi dai suoi peli, che sfregavano contro la mia pelle sensibile. La mia figa pulsava di dolore delizioso. Ogni pulsazione era più forte della precedente, e mi tirava a sé.

Sentii quel ritmo selvaggio e pagano che avevo imparato a collegare all'orgasmo muoversi dentro di me, al ritmo del mio cuore. Tamburi. Ormai erano parte di me.

Jarl fece un passo avanti, il suo corpo nudo accarezzato dalla luce della luna e dalle fiamme. I suoi tatuaggi si contorcevano sul suo petto come lingue demoniache. Si mise di fronte a me e tirò il mio viso verso di lui dalla treccia. Mentre mi baciava, fece scivolare il suo cazzo dentro di me. I miei muscoli interni si chiusero intorno a lui mentre lui spingeva con forza fino alla fine. Quando il mio corpo lo accettò completamente, entrambi lasciammo andare un lungo gemito.

Jarl mi scopò lentamente, quella volta. Ogni volta che si ritraeva, Fenrir mi frustava, facendo schioccare i fili di cuoio contro il mio sedere finché il calore non inondava tutto il mio sesso. Poi si chinò e mi slegò i piedi, e io intrecciai le gambe intorno a Jarl per tirarlo più vicino a me.

«Sei così stretta» ringhiò lui. «Stai bene?»

«Sto benissimo, sono piena» dissi, e quando lui si spinse

con violenza ancora più a fondo in risposta, lo sentii in ogni parte di me.

«Non abbastanza piena» mi disse Fenrir, facendo scivolare ancora una volta l'olio sulla mia seconda fessura. Jarl mi sollevò contro di lui, e Fenrir appoggiò il bulbo solido del plug contro il mio ano.

«Oh, no» gemetti.

«Oh, sì, invece» rispose Fenrir, spingendo finché il plug non mi allargò l'ano. Jarl venne in quel momento, gemendo contro la mia spalla. «Sentila, fratello.» Si allontanò, e Fenrir prese il suo posto.

Quando entrò dentro di me, Fenrir mi prese più forte, sbattendo con violenza e in profondità, così tanto da far vibrare il plug dentro il mio culo. Spinse i fianchi in raffiche veloci e pulsanti che portarono i miei occhi dentro le orbite. Il piacere si strinse in una spirale dorata dentro il mio petto, la sensazione a salire su, su, su.

Alle mie spalle, i denti di Jarl graffiarono la mia spalla. Tirò fuori il plug, lasciando il mio secondo buco vuoto e spalancato. Gridai quando sentii la punta del suo cazzo lavorare lì, contro il mio ano, spingendosi centimetro dopo centimetro. Implorai loro per avere pietà di me.

Quando il mio orgasmo esplose, mi fece vedere le stelle. Fluttuai sopra la struttura su cui ero legata, uscii fuori dal mio corpo, e guardai me stessa contorcermi tra i miei due guerrieri mentre loro m'impalavano sui loro cazzi da un lato all'altro.

Ero legata. Corpo e anima, ero legata a loro ed ero alla loro mercé. Il mio corpo era in gabbia, ma non mi ero mai sentita così libera.

«Ti amiamo» mi sussurrò Fenrir all'orecchio, sbattendo con forza dentro di me così tanto da far entrare Jarl ancora più in profondità. Con un grido tornai dentro il mio corpo, il sudore ad imperlarmi la pelle. «La nostra piccola Dea.»

Ero troppo sopraffatta per protestare.

Afferrai le cinghie di cuoio e mi tirai più in alto tra loro. Fenrir mi tenne ferma dai fianchi mentre Jarl squarciava completamente il mio stretto canale posteriore. Tutto dentro di me era ormai schiuma, e quando raggiunsi l'orgasmo, mi sentii leggera come una piuma.

Fenrir iniziò a scoparmi con violenza, con spinte profonde e dolorose. Tremai e gridai, sopraffatta. Il mio orgasmo sembrò non fermarsi mai, una fioritura bianca e calda come la luna. Il piacere esplose, riempiendomi di luce.

Juliet, gridarono i miei uomini dentro la mia mente, al culmine della loro passione, condividendo il momento insieme a me.

Li sentivo; li sentivo eccome. Ma ero troppo lontana per rispondere. Andai in un luogo al di là del pensiero, della coscienza, al di là della carne.

Mi persi in un mondo di sensazioni dove non esisteva più nulla. Non c'era più Dio, non c'erano più uomini, non c'era altro che beautitudine. Non ero più Juliet. Ero la versione più pura di me, uno spirito, luce pure.

E Jarl e Fenrir erano con me, dovunque fossi. Tra noi non c'erano più confini.

Eravamo una cosa sola.

∿

Caro lettore,

Grazie un milione per aver letto la storia di Juliet! La fine del Re dei Morti si trova nel libro di Rosalind, che viene dopo questo qui.

Con affetto e tanti ringhi Berserker,
Lee

LIBRO GRATUITO

Ricevi un libro gratuito, Allevata dai Berserker (solo per i fan
più sfegatati iscritti alla newsletter di Lee)
Clicca qui per cominciare
https://geni.us/BredBerserkersIT

ALTRI ROMANZI DI LEE SAVINO

Il pianeta dei re con Tabitha Black
Compagno brutale
Rivendicazione brutale

Padroni tsenturion con Golden Angel
La prigioniera aliena
Il tributo alieno
Rapimento alieno

Draghi in esilio con Lili Zander
Compagna Draekon
Fuoco Draekon
Cuore Draekon
Rapimento Draekon
Destino Draekon
Figlia dei Draekon
Febbre Draekon

Romanzi Contemporanei

La bella e i boscaioli
Il mio daddy è un marine
Contesa tra due "paparini"

Mascalzoni di stirpe reale
Il principe scapestrato
La finta fidanzata del futuro re

Dark mafia con Stasia Black
Innocenza
Risveglio
La regina della malavita

Ranch del sadomaso con Tristan Rivers
La bambina del cowboy
Una ragazza da domare

L'AUTORE

Lee Savino è una fra le migliori scrittrici di libri erotici 'smexy' al giorno d'oggi negli Stati Uniti. 'Smexy' nel senso di 'smart e sexy': storie sensuali ed argute. La puoi trovare nel gruppo Goddess in Facebook ed è possibile scaricare un suo libro gratuito su https://leesavino.com/italiano!

Ricevi un libro gratuito, **Allevata dai Berserker** (solo per i fan più sfegatati iscritti alla newsletter di Lee). **Clicca qui per cominciare**

 Creato con Vellum

www.ingramcontent.com/pod-product-compliance
Lightning Source LLC
Chambersburg PA
CBHW031124210626
46816CB00016B/2347